紫蘭後宮仙女伝
時を駆ける偽仙女、孤独な王子に出会う

石田空

ポプラ文庫ピュアフル

目次

紫蘭後宮仙女伝
時を駆ける偽仙女、孤独な王子に出会う
石田空
Ishida Sora
ポプラ文庫ピュアフル

賢王と花仙の伝承

「だから！　いったい貴様はどこの誰だと聞いているんだ！」

「だから！　ここがどこかって聞いてるんだってば！」

百花国《ひゃっかこく》の後宮《こうきゅう》は、本来ならば男性立入禁止。妃と宮女と宦官《かんがん》のみの世俗から切り離された静かな場所なのだが、その日に限って物々しい雰囲気に包まれていた。

先程から、宦官があちこちを走り回り、外部への出入り口は兵士により封鎖されている。他の場所ならば兵士が捜査を行うのだが後宮内ではそれもかなわず、必然的に捜査は去勢された男である宦官や女兵士により執り行われている。

今日は半年に一度、妃が親族に会える日。ところが、母に会うために来臨した王太子の命が狙われたのである。正確には宮女が持ってきた湯呑に毒が仕込まれていたのだが、その宮女がどこの誰の差し金で毒を盛ったのかがわからず、とうとう兵士に連行されて後宮から摘まみ出されてしまった——ところが、それで話は終わらない。

その王太子暗殺の計画を未遂に終わらせたのは、唐突な乱入者だったのだ。

何故か毛糸玉を手に持ち、背中には矢筒に弓。意志の強そうな凜とした瞳が印象的な、まだ少女と言っても過言ではない娘が現れた。兵士でもなければ、宮女でも、ましてや妃でもない彼女が、何故か毒を盛った宮女を押し潰したのである。

普通に考えれば、武器を携えた女が後宮にいれば王太子暗殺を企んだ容疑で、毒を盛った宮女と同じく兵士が連れていくべきなのだが、と宦官たちは困り果てた。

王太子に毒を盛ろうとした宮女に関しては、身元が明らかなため兵詰所に連行して事情聴取ができる。だがこの不審者はどこの誰だかわからないために、兵士が引き取り拒否をした。後宮で下手に蜂の巣をつつくような真似をして厄介なことになるのをおそれたのだ。

後宮は基本的には、一部の例外を除いて妃と宮女、宦官以外の存在を許さない、王のための箱庭のようなものだ。だから出入りは厳密に管理されているが、その分事件が発生すれば捜査にも時間がかかる。

不審者が、国の現状を憂いた者たちが送り込んだ暗殺者だったら困るし、王の隠し子や愛妾だったらもっと困るからだ。

引き取り拒否をされた不審者は、仕方なく宦官詰所に連行され、取り調べを受けることとなった。

せめて身元だけでもわかればいいのだが、この不審者の言っていることはいちいち要領を得ないために、取り調べは難航。それらを行っている宦官たちはますます困惑していた。

「だから、私は草原で落とし穴に落ちて、気付いたらここにいたんだってば！　いったい、ここはどこなの……⁉」

彼女は、ここが百花国の後宮だということすら、理解していなかった。

宦官たちは現在席を外している上長の帰還を待ち望んだ。この訳のわからない女を強引にでも兵詰所に引き渡すか否か、判断しかねていたのだ。

（どうしてこうなったの……！　おかしな夢を見たばっかりに……！）

一方、宦官たちに取り囲まれて詰問されている少女は、必死で頭を掻きむしって叫びたいのを堪えていた。いくら説明しても、聞かれたことに答えても、この場にいる人たちは一向に信じてくれないからだ。正直、彼女にしてみても、彼らの言いたいことが全くわからなくてもどかしかった。

なにを言っても「嘘をつけ」と返されてしまうし、そもそもここがいったいどこかわからない。おまけにこの場所一帯から感じられる剣呑とした空気は、羊たちを狙いにきた狼や羊泥棒と対峙している時ともまったく違う、よそよそしい雰囲気。

どう考えても、異端者である少女を排除しようとする空気であった。

（私だってこんなところに来たくて来た訳じゃないから早く出ていきたいけど、そもそもここはどこなんだろう。皆高そうな着物着てるし、さっき来た兵士以外武器も持ってないし……お金持ちって護身用の武器も持たないものなの……？）

彼女は溜息がこぼれそうになるのを、歯を食いしばって耐えた。

少女が宦官たちに伝えた言葉に、なにひとつ嘘はない。ただ、彼女の言葉があまりに荒唐無稽で、誰ひとりとしてそれを信じられないだけである。

全てのはじまりは、少女……紫蘭《しらん》が、都に出ていた父を出迎えた時まで遡らなければならない。


草を食む羊を追い立てるのは、もっぱら子供たちの仕事だ。力の強い男は羊を盗みにくる盗賊や狼、大鳥と戦うために、馬に乗って見張りをしている。

女や幼い子供、足腰の悪い年寄りは、羊の毛を刈り、その毛を紡いで糸状にし、さらに繰って玉にする。玉にした糸は機《はた》で織られて布になる。遊牧民である浮花族《ふかぞく》の着物は主に彼女たちが織った布でつくられている。

羊たちの餌になる草を求めて大草原を旅するのが、浮花族の生活であった。

その日、紫蘭は男たちに交じり馬に乗って見回りをしていた。

「この辺りは大鳥の巣があるって言っていたけれど、この分だったら羊たちを盗まれる心配もないいか」

「そうだね」

繁殖期であったら、遊牧している羊の群れの中に子羊が交ざるし、大鳥も雛を育てるため、餌を取りに襲撃してくることがある。だが幸いにもこの辺りを通り過ぎた時には繁殖期は過ぎ、大鳥の雛たちも巣立ったあとだったらしく、羊たちが襲われることはなかった。

紫蘭は見張りを終えて、天幕に戻る。

浮花族は移動した先に天幕を張り、そこで寝泊まりする。羊の骨で梁《はり》をつくり、羊の毛で織られた布を張った天幕は、夏は意外なほどに涼しく、冬は暖かい。

その天幕の周りでは、放牧している羊たちの毛刈りが行われていた。

「ああ、紫蘭——。ちょっと助けておくれ」

馬から下りた紫蘭に声をかけてくる者がいた。

「ええ？　なあに？」

「あいつがまた、毛を刈らせてくれないんだよ。今日こそは刈っちまわないと、そろそろ移動する頃合いだしねえ」

「まあ！　まだ終わってなかったの！　ちょっと待ってね」

馬に乗って走り回ったばかりだというのに、そのまま紫蘭は羊を追いかけてすっ飛んでいった。

「こらぁー、大人しく毛を刈らせなさい……！」

問題の羊は毛をたっぷりと伸ばして、既にどこが肉でどこが毛かわからないほど丸々としていた。毛を刈られまいと逃げ続ける内に、その姿は球状に近付いていく。

「あーあー……あいつまだ毛を刈られるの嫌がってたんだ」

「紫蘭――、頑張ってー」

皆から声援を投げかけられるが、ちっとも嬉しくない。

あまりにもその羊の逃げ足が速いせいで、皆が早々に毛刈りを諦めてしまっていた。最初は数人がかりで追いかけていたのが、今は紫蘭のみ。しかし羊も毛を刈られるのを嫌がり続けたせいか、毛の重みに負けて俊敏だった足も徐々に遅くなりつつある。

距離を詰めた紫蘭が力いっぱい飛びつくと、ようやく羊はべしゃんと草原に座り込んだ。その隙に毛刈りの刃を当てる。

「さあ、毛を刈ってさっぱりしましょうねえ……！」

「めぇぇぇぇぇぇ」

羊はいななきを上げながらもようやく観念したかのように、紫蘭に毛を刈られはじめた。それを見ていた人々が、拍手を送る。

毛を完全に刈られてすっきりした羊は、紫蘭から一目散に逃げていった。

ひと仕事終えてすっきりした彼女が「ふうっ！」と額の汗を手で拭っていたところ

で、馬の蹄の音がした。

既に見回りの皆は、それぞれの天幕へと散っていったあとだ。だが、この音が聞こえるということは。

羊の毛をまとめながら、紫蘭は笑顔で近付いてきた馬上の人物に向かって挨拶をする。

「お帰りなさい！」

馬に乗っているのは、族長と、その護衛を務める父である。

「やあ、ただいま。紫蘭。おや、あの問題児の毛刈りがやっと完了したか」

逃げていった羊を眺めながら、紫蘭の父は微笑む。それにつられて紫蘭も笑う。

「そうなのよ！　あいつちっとも毛を刈らせてくれなかったから。それよりも、都はどうだったの？　お土産は？」

「ああ、ちょっとお待ち。族長と話を終えたら、すぐ戻るからね」

「はあい」

そう素直に返事をして、父が族長の住む天幕へと向かっていくのを見送った。

族長と父が百花国の首都、玫瑰《まいかい》に出かけるのは、浮花族の織った布を売るためである。夏の着衣には少々厚いが、冬には外套として重宝されているらしい。紫蘭は父から聞く玫瑰の話に、毎度興味津々であった。

紫蘭は集めた羊の毛を、皆で使う毛の貯蔵用の天幕に置くと、そのまま自宅である天幕へと帰る。

日が暮れる頃、戻ってきた父は酒を飲み、家族は蒸し麺をすすりながら、玫瑰の話に耳を傾ける。

「今年も玫瑰では、月季《じゃこうばら》が咲き乱れていたよ。どこもかしこも美しくてね」

「素敵ねえ……」

「賢王月季《げつき》の栄光が、まだ残っているんだねえ……」

そう口を挟んだのは、紫蘭の祖母である。いつも玫瑰の話をするたびに、彼女はありがたそうに手を合わせるのだ。

「私たち浮花族は、賢王月季に助けられたようなものだからねえ……」

「おばあちゃん、いっつもその話するのねえ」

紫蘭は呆れ返りながら、蒸し麺をすすった。彼女の態度を気に留めず、祖母は答える。

「そりゃそうさ。百花国も、賢王月季が王になるまでは、それはそれはひどい有り様だったんだから。都に住む人間以外は、皆家畜かなにかと同じ扱い……自分たち以外はみぃーんな力でねじ伏せるような、それはそれはひどいもんだったさ。浮花族だって、もうちょっとで草原を追われて、都で隷属させられていたかもしれないんだよぉ？」

「でも、それって昔の話でしょう？」

紫蘭は正直、昔話にはあまり興味がない。しかし祖母はことあるごとに、その話を繰り返すのだ。既に紫蘭は耳にたこができるほど聞いているというのに。

「そりゃ紫蘭からしてみれば昔の話だろうさ。でもねえ……賢王月季と浮花族が第八《だいはち》花仙《かせん》の提案した調停を受けてくれたから、私たちは今もこうして草原で生活することができているんだよ」

祖母の言葉に、紫蘭は少しだけ膨れっ面で蒸し麺をすすった。

（玫瑰の話を聞いていたのに、また中断されちゃった……おばあちゃん、いっつもこうなんだもんなあ……もっと話を聞きたかったのに）

祖母のことは大好きだが、こういうところは好きじゃないと、紫蘭はむくれたまま麺を食べ終えた。

百花国は、その昔、八人の花を司る仙人……通称花仙によりつくられた国ということになっている。彼らはひとまとめに八花仙と呼ばれている。

そのため百花国の各地では、花仙信仰が強く根づいていて、あちこちに花仙を祀る廟や寺院がつくられている。その信仰の影響か、天にいる花仙が降り立って人間の手助けをしたという逸話はそこかしこに存在していて、商人とやり取りする時に時折耳にすることもある。

今も首都、玫瑰では花仙への厚い信仰の一環として、八花仙を象徴する八種類の花が咲き誇るのを街のあらゆる場所で見ることができると父から聞いている。それ以上に咲き誇っているのが賢王月季に敬意を示す月季《じゃこうばら》——別名月季花《こうしんばら》。花仙の花よりも国王の花が優先されることは他の時代でも例があまりなく、彼はそれだけ百花国の歴史の中でも、名君として知られているということだ。

基本的に浮花族には玫瑰に住んでいる人々ほど花仙を信仰する習慣はないが、第八花仙だけはよく知られていた。

第八花仙は元々狩りと戦の花仙として知られているが、浮花族を含め遊牧民族や騎馬民族に信仰されるようになったのは、つい百年ほど前からである。

百花国で続いていた戦乱——異民族狩りを、第八花仙が調停した。賢王月季が王座に就いて以降、百花国では大きな戦乱は起こらず、浮花族も異民族のひとつとして、国に攻め滅ぼされるところだったのを、調停により自治権を得て今も平穏に生活ができている。

昔からなにかあるごとに子世代、孫世代に言って聞かされている伝承である。それで祖母もなにかあるたびに第八花仙の話をしていたのだ。

紫蘭の名前も、第八花仙を表す花の紫蘭から取られたものだ。紫色の花らしいが、残念ながら草原にはなく祖母の織った布の模様くらいでしか、見たことがない。

（おばあちゃんは信心深いからなあ……でも大昔の話じゃない）

たびたび祖母は浮花族が百花国からどんなひどい扱いを受けていたのかという話をし、父が玫瑰に商売にいくことにあからさまに難色を示していた。もう時代は変わったというのに。

でもよくも悪くも、第八花仙への信仰心が厚い祖母のおかげで、紫蘭は割と自由に生活ができていた。

草原を求めて転々と移動する生活なのだから、騎馬は女子供でも推奨されていたが、いくら盗賊対策とはいえ、女が男たちに交ざって弓矢を携えて馬に乗ったり、刃物の使い方を覚えたりすることは、基本的に嫌がられる。

でも祖母たちの年頃の人々は、皆口を揃えて言うのだ。

「できるんだったら、第八花仙様のように女でも弓矢も刃物も扱えたほうがいい。いつなにがあるのかわかったもんじゃないから」

そんな信仰心の厚い人々のおかげで、紫蘭ははねっ返りだが、騎馬と弓矢を得意とする娘に成長した次第だ。

夕食を終え、紫蘭は自分の寝床にもぞもぞと入りながら、天井を見た。

（おばあちゃんはあんまり好きじゃないみたいだけど、私もいつかは都に行ってみたいなあ……）

日頃から草原を渡り歩いているため、人の手によって花が咲き誇っている場所というのを見てみたかった。父が玫瑰に行って買ってこなければ小麦粉も野菜も手に入らないため、都ではなにを食べているのかにも興味があった。まさか浮花族みたいに、羊の乳の発酵食や蒸し麺ばかり食べている訳ではないだろう。

それにそこには王がいて、妃たちが暮らす後宮があるのだという。なにもかも伝聞でしか知らない知識であり、紫蘭の想像力ではいまいちピンと来なかった。

（でもきっと私は、そこでの生活にすぐに飽きちゃうんだろうなあ……冬ならともかく、ずっと同じ場所になんていられないから）

そうとりとめのないことを考えながら、紫蘭は目を閉じた。

彼女にとって、昼は馬や羊を追い、夜は天幕の下で眠る生活が日常。そこから離れることは、ちっとも想像のつかないことであった。

彼女にとって都の話は、祖母の語る賢王月季と第八花仙の物語と同じく、現実味のない話の中に入れられていたのだ。

祖母からさんざん玫瑰と第八花仙の話を聞かされたせいだろうか。明け方に見た夢は奇妙なものだった。

見たこともないような豪奢な着物を着た人々に取り囲まれて、何故か怒られている。最初は一方的に怒られているのかと思っていたが、どうも互いの話が嚙み合っていない。

「だから！　いったい貴様はどこの誰だと聞いているんだ！」

「だから！　ここがどこかって聞いてるんだってば！」

堂々巡りの会話に、紫蘭のほうが閉口してしまった。

（どうしてこんなに話が通じないんだろう。なんで話を聞いてくれないんだろう。そもそも、ここはいったいどこなんだろう……）

色鮮やかな天井に、浮花族の天幕ではまずお目にかかれない太い柱。父の土産話の中でも、こんな奇妙な場所のことは出てきたことがなかった。

紫蘭はふてくされたまま目が覚めた。

変な夢見で眠たい体を引きずって朝食を食べ終えてから、いつものように矢筒と弓を携え天幕を出ると、皆がひとつの天幕に集まって、羊毛の糸を繰って毛糸玉にしている。

羊毛は天幕から着物までなんにでも使える。更に織った布は売り物にもなる。だから冬が終わり気温が上がってくると羊毛を刈り、それを溜め込み、一定量溜まったところで桶に入れて、一斉に毛糸玉に繰っていくのだ。

それらを染めたり織ったりするのは、毛糸玉が溜まってから行う。

紫蘭が季節の風物詩を横目に、いつものように見張りに出かけようとしたら、母から「こら紫蘭」と声をかけられる。紫蘭はおそるおそる振り返る。

「今日は溜まった羊毛を全部糸にして繰ってしまいたいから、見張りは他に任せて手伝いなさい」

「……お母さん、私これすっごく苦手なんだけれど」

「そんなことないでしょ。それに小さい子たちも手伝っているんだからね」

そう母に指摘され、紫蘭は気まずい顔で天幕のほうを見る。

開け放たれた天幕の入り口から見えるのは、作業する人々の姿だ。紫蘭より少しばかり年下の女の子は糸を繰る練習をさせてもらっているし、まだ糸を繰る技術も弓矢の技術もないような小さい子は、出来上がった毛糸玉を桶に集めていた。あとで倉庫に持っていく分だ。

「苦手だって言うなら、別に紫蘭はいいと思うけどねえ……」

そう祖母が言うのを聞いて、紫蘭は少しだけむっとする。

夢見が悪かったのは別に祖母のせいではなかったが、紫蘭はそのせいで眠りが浅かったので、八つ当たりしたくなった。

「やれるし……私のは売り物にならないかもしれないけど、日常使いくらいだったらなんとか」

「そうかい？　紫蘭は弓矢と乗馬ができるんだから、それで十分だと思うけどねえ」

祖母に悪気があるのかないのか、紫蘭にもわからなかった。ただ祖母がしなくていいと言えば言うほど馬鹿にされているような気分になる。

（おばあちゃん、やめてよ。そういうこと言うのは……）

観念した紫蘭は、他の女や年寄りに交ざって糸を繰りはじめる。彼女は謙遜しているだけで、普段から弓に弦を張ったり矢尻から矢をつくったりしているだけあり、手先は器用だ。するすると糸から毛糸玉をつくっていく。

糸を繰っていると、隣で作業をする母は苦笑した。紫蘭は未だに弓を携えて矢筒を背中にかけたまま作業を行っていたのだ。

「もう、こっちが終わってからまだ外に行く気？」

「だってさあ、弓矢はできるだけ練習しないと腕が鈍らない？　今日は天気もいいんだから、いつ羊泥棒が子羊を狙いにくるかわからないし」

「はいはい」

母の言葉に反論しながらも、手を動かしていく。

程よく男の拳ひとつ分になった毛糸玉を、桶を運んでいる子供に差し出した。

「これもお願いね」

「はあい……あっ……！」

まだ幼い子供には、毛糸の量が多過ぎて重かったらしく、そのままぐらりと桶が傾いてしまった。毛糸玉がそのまま転がって散らばり、勢いよく天幕の外へと飛んでいく。

大事な生活必需品なため、たとえひとつであっても、なくなったら困る。

紫蘭は、今にも泣き出しそうになっている、桶をひっくり返した子供の肩を叩いた。

「大丈夫。ちょっと取ってくるから、ここで待っててね」

「う、うん……！」

そのまま作業をしていた天幕を飛び出すと、きょろきょろと草原を見て回る。羊たちの番をしている男たちに挨拶しながら、のんびりと草を食んでいる羊たちを押しのけ、何度も何度もかがんでは毛糸玉を探す。

「おっかしいな……いくら天幕から飛び出たからって、そんなに遠くにまで飛んでいってないはずなのに」

紫蘭が膝をついて草を掻き分けていると、ようやく丸まった毛糸玉が見つかった。

「ああ、あったあった」

毛糸玉を拾い上げ、さっさと作業に戻ろうと天幕に向かって駆ける。

いつもの日常。いつもの風景。このまま天幕まで帰って毛糸を繰る作業に戻っていたら、この物語ははじまらなかっただろうが。残念ながらそうはならなかった。

紫蘭は足を踏み出した途端に、急に足場が悪くなったことに気付いた。

「……あれ？」

急に地面に引っ張られる感覚に襲われる。足元には草原が広がっていたはずなのに、急にその場に【穴】が現れたのである。底が全く見えないほど真っ暗な穴がぱっくりと口を開いたかと思ったら、そのまま紫蘭は引きずりこまれるように落ちていく。

「ちょっと……なに。落とし穴……？」

慌てて紫蘭は手を伸ばして【穴】の側面を掴もうとするが、側面はつるつるとしていて、指を引っ掛ける場所がない。まるで地面を掘った穴ではなく、筒の中を通過しているような違和感だ。そのまま紫蘭は穴に呑み込まれていく。

「ちょっと……！　待って、止まってってたらぁ……！」

羊の世話をしながら、草原を移動する日々。毛を刈り、子羊を育て、乳を搾り、草を求めて旅をする。冬は雪のない地方に移り、仮住まいで春を待つ。

そんな当たり前の日常が、どんどん遠ざかっていった。

後宮と仙女の降臨

視界が暗転し、勢いをつけて穴に落ちていく。

(どうなってるの、草原にどうして落とし穴があるの？　そもそもこの穴、人が掘れる深さじゃないし、こんなにつるつるに掘れるものなの？　それに、ぜんっぜん底が見えないんだけど……！)

ありえない状況に、落ちるままになっている紫蘭が手に毛糸玉をぎゅっと握り締めて下を見ていたら、更にありえない光景が見えてきた。

落とし穴の底に、光が広がっていたのである。

そのまま紫蘭が、穴からぺっと吐き出されるようにして落ちた先は、穴の底にしては広い空間であった。

地面には石が敷き詰められてぴかぴかに磨き抜かれているし、なにやら花の匂いが漂っている。太い柱は天幕の梁ではありえないものだった。こんなに太い柱なんて、折り畳むのに不便な上に馬車で運びにくいから、天幕にはまず使わない。

天井にも鮮やかな色で絵が描かれているのを、紫蘭はポカンとした顔で見ていた。

「……ここ、どこ？　それに石の床の上に落ちたのに……痛くない？」

あれだけ高いところから落ちたのに、何故か紫蘭の尻は痛くなかった。慌てて上を見ても穴はもうない。

「……痛っ」

「えっ」

座り込んであちこちを眺めていた紫蘭は、自分がなにかを踏み潰していることに、ようやく気が付いた。というより、誰かを押し潰している。

それは綺麗な身なりをし、髪をひとつに結った女性であった。彼女の上に落ちたおかげで、痛くなかったのだと思い知る。

「ご、ごめんなさい！　すぐにどきますね！」

紫蘭は慌ててその女性の上からどくと、彼女が湯呑をひっくり返して床に水溜まりをつくってしまっていたことに気付く。花の匂いがすると思ったのは、どうもその水溜まりから漂ってくるらしい。誰かに花茶でも出そうとしたのだとしたら申し訳ないと紫蘭は思う。

「ご、ごめんなさい、お茶を溢してしまって！　あの、大丈夫ですか？　ところで、すみません、ここはいったい……」

「あ、あなた何者ですか!?」

女性が苛立った声を上げ、紫蘭は目を白黒させる。そんな怒った声を聞いたのは、誰かが羊泥棒に遭遇した時くらいしかない。なおも女性は大声を上げる。

「誰か！　ここに不審者が……！」

「えっと、誤解です！　そもそもここはいったいどこなんですか……！」

紫蘭は慌ててその女性を説得しようとしたが、彼女は聞く耳を持ってはくれなかった。

女性が大声を上げた途端に、バタバタと何人もの人が駆け寄ってきた。体の輪郭がわからないゆったりとした着物と、紫蘭が見たこともない変わった髪形からは彼らが男か女かもわからない。が、紫蘭が見慣れている浮花族の男性たちよりも肩幅が狭いように思える。

そんな人々に、すぐに取り囲まれ、彼女はきょとんとした。彼らは紫蘭から距離を取りつつも、警戒した声を上げる。

「弓矢……!?　貴様いったいどこから……！」

「えっと？　すみません。そもそもここはいったいどこなんですか。私、あの人の上に落ちてしまったんですけど、なにがなにやらさっぱりで……あの、お茶を溢してしまってすみません」

「お茶？」

紫蘭が水溜まりを指差すと、途端に女性は「ち、違います……！」と目に見えて焦り出し、声を上げる。

それを怪訝に思ったらしい人が、銀色の匙を持ってくると、それを石の床に溢れたお茶に擦り付ける。途端に匙は真っ黒に変色する。それを見た人々は顔を強張らせた。

「この宮女をすぐに兵に引き渡すように！　彼女はお茶に毒を盛っていた！」

「はっ！」

途端に紫蘭が下敷きにしてしまった女性は、取り押さえられてしまう。

「ちょっと……！　放しなさい！　彼女のほうがよっぽど怪しいでしょう!?」

宮女と呼ばれた女性はそう言って抵抗するものの、周りは微妙な表情を浮かべる。

どうして遠巻きにされているのか、紫蘭は最初よくわかっていなかったが、そういえばと気が付いた。

紫蘭が普段から弓矢を背負っているのは、弓矢の稽古をしたり羊泥棒から羊たちを守ったりするため当たり前のことだったが、この場にいる人々は武器をひとつも持っていない。紫蘭本人は先程から能天気な言動しかしていないものの、武装している。

たとえ女であっても怖がられても仕方あるまい。

(どうしよう……この人たちを攻撃する気も威嚇する気もないけれど、これ持ってなかったらあの女の人みたいに訳わからないまま連行されるよね)

自分から「怖くないですよー」と弓矢を外すのはやめておいたほうがいいと判断し

た紫蘭は、大人しく状況を見守っていた。

やがて武装した女性たちが到着した。そのまま宮女は引き渡された。鎧を着て髪を団子にまとめているのは紛れもなく女性たちである。腰には剣を提げている。

そして彼女たちもまた、紫蘭を見た途端、顔を見合わせてしまった。どうも紫蘭の扱いに困っているらしい。

「……失礼ですが、後宮の治安維持は宦官の管轄ではございませんか？　何者かわからない者をこちらの詰所には連行できません」

「何者かはわかりませんが、彼女は武装しているではありませんか。それならば兵の管轄でしょうが。妃方もおられる場所に、こんな危ない女を置いておけません」

紫蘭を押し付け合いはじめた人たちを見て、紫蘭はようやく気が付いて、辺りを見回した。

（ちょっと待って。妃がいるって……もしかしてここ……後宮？　後宮ってことは……ここ、玫瑰なの？）

落とし穴に落ちただけで、どうして草原から玫瑰に出てしまったのか。しかも後宮だなんて。思わず天井を仰いだものの、紫蘭が落ちてきたはずの穴はやはり綺麗さっぱりない。訳がわからなくって、頭を掻きむしっていたが、兵と宦官による紫蘭の押し付け合いは終わらない。

「彼女は王の妾ではなくて？」

「あんな弓矢を携えたような物々しい女、王の好みではないだろう。そもそもそんな妾がいたら我らの耳にも入っている。このような娘を後宮内に入れるとは、そちらの職務怠慢ではないか？」

「私たちは、あのような王のためでもきっちりと責務は果たしております！」

　押し付け合いは過熱していく。

　結局兵は「あの宮女は身元が割れていますが、彼女は不明です。そんな不審人物を兵の詰所に連行する訳にはまいりませんから、彼女の身元が特定でき次第、連絡をお願いします」と言い張って、そのまま紫蘭を置いて、立ち去ってしまった。

　こうして紫蘭は、宦官たちに取り囲まれて、彼らの詰所に連れていかれた次第である。

　しかしどれだけ詰問され紫蘭が本当のことを言っても、宦官たちに信じてもらえない。だからといって、紫蘭は玫瑰に知人なんていない。身元を特定する術がなにひとつないために、取り調べは堂々巡りとなってしまっていた。

「落とし穴に落ちて後宮に入ってきただなんて……いったいその落とし穴とはどこにあるというんだ」

「だから知らないってば。気付いたらさっきいたところに落ちたんだから。天井を見たけど塞がってたから、もうその穴もないし！」

「茶房の天井裏が後宮の外部に通じている訳がないだろう、嘘ならもうちょっとましな嘘をつくんだ」

「本当だってば！」

宦官たちも困り果てていたが、紫蘭だって同じくらい困り果てている。

どうも紫蘭が落ちてきた場所は、後宮内の妃や客人にお茶を用意する茶房だったらしいのだが、どうしてそんな場所に落ちたのか、紫蘭にだってわからないのだから、説明を求められても困る。

先程の宮女のように兵士に取り囲まれてどこか知らない場所に連行されるのも怖いが、拘束されて詰問され、信じてもらえないことを延々と主張し続けるのもつらい。

（どうしよう……本当にどうしてこうなったの）

ここが百花国の後宮ということ以外なにもわからないのだから、どう立ち回ればいいのか測りかねていた。

紫蘭が再び「知らない」「わからない」を連呼すべきかと思っていたら。

「おやおやおや。本当に困ったものだ」

唐突に宦官たちの詰所に、甲高い声が響いた。

ここにいる宦官たちは皆、中性的な姿をしていたが、その中でもひと際性別不詳の人であった。

白鳥のようにすらりと首が長く優美な人が、しずしずとその場に現れたと思ったら、紫蘭を上から下まで検分するように眺めはじめた。舐め回すような視線ではあるが、そこに露骨な卑しさはなく、捌く羊を選ぶ族長のように本当に検分するためだけの視線だ。

「扶朗《ふろう》様……！　何者かわからない娘に近付いて、危険です……！」

「ふむ……」

扶朗と呼ばれた美麗な人は、検分を終えたあと、周りの宦官たちを咎めるかのように目を細めた。

「お前たち、ずいぶんとこの方に対して無礼を働いたようだね」

「はい？」

「はい？」

宦官たちと紫蘭は、ほぼ同時に同じ返事をした。

扶朗はばっさりと言い切る。

「この毛の着物。携える弓矢。黒く美しい髪に手に持つ玉。どう見たってこのお方は、第八花仙様ではないか！　ああ、申し訳ございません。あなたをこのような狭い場所に押し込め、賊のように辱めるような真似を致しまして！」

「えっと……ええ……？」

立て板に水のごとくしゃべり、誰にも突っ込む隙を与えなかったばかりか、扶朗が紫蘭に頭を下げて陳謝しはじめたことに、ただただ混乱する。

その様子を見ていた宦官たちは、途端に顔を青褪めさせたかと思ったら、扶朗に倣《なら》って彼女に一斉に陳謝しはじめた。彼女はきょろきょろと周りを見回したが、誰からもなんの反論もない。

第八花仙は、戦と狩りの花仙だ。逸話では弓矢を携え、馬で野山を駆け回っていたと祖母から耳にたこができるほど聞かされてきた話ではあったが、それに近い格好をしているだけで、どうして自分が第八花仙と呼ばれなければいけないのか。

紫蘭はいきなり陳謝しはじめた人々のつむじを見ながら途方に暮れていたが、やがて扶朗と呼ばれた性別不詳の人物はにこやかに笑いながら、皆が頭を下げてこちらを見ていない隙をついて、紫蘭にしか聞こえぬよう耳元に口を寄せた。

「死にたくないのなら、大人しく言うことを聞きなさい。死にたくないのならね」

「…………っ」

紫蘭の中にザリッとしたものが走った。この、口から先に生まれたのではないかというような、立て板に水のように話す性別不詳の人物を信用していいものか、測りかねたのだ。

それでも。彼女はそれに乗ることにした。

「た、大したことない花仙だから！　顔を上げて！　ねっ？」

（……いきなり右も左もわからないところで、着の身着のままの状態で放逐されても困るし。落とし穴も消えちゃった以上帰る方法が見つかるまでは、ここに留まったほうがいいかな）

そう腹を括った紫蘭は、ひたすら頭を垂れる人々の顔を上げさせることからはじめることにしたのだった。


紫蘭は扶朗に連れられて、廊下を歩いていた。長い渡り廊下からは、中庭が見える。

庭木は全て丁寧に剪定され、さまざまな花が咲き乱れている。

草原の小さな野花しか見たことがなかった彼女にとって、大輪の花が咲き誇る様はただ口を開けて眺めるばかりのものだった。

紫蘭の様子を扶朗は目を細めて見やる。

「おやおや、第八花仙様は中庭の様子がお気に入りで？」

彼の口調に紫蘭は少しだけ考える。

（からかわれているような気がする。都から来る商人で、そういう奴がときどきいるから。でも……私だって花仙がいる仙界のことなんて知らないし。……おばあちゃんは知ってたのかな）

祖母も、花仙は仙界から人間を見守っているということくらいしか言っていなかったし、紫蘭が自分は第八花仙だと言っても誰も否定できないことからして、彼らも仙界についてそこまで詳しくはないんじゃないだろうかとあたりをつける。

花仙信仰があるからといって、花仙自体に詳しい訳じゃない。そもそも花仙にまつわる伝説はたくさんあるけれど、紫蘭は実際に会ったことがあるという人の話は聞いたことがなかった。

だから紫蘭は開き直ることにした。

「仙界からだと、下界の花々は見られないもの。下界の花を珍しいと思っても当然でしょう？」

「それはそれは。桃源郷に負けず劣らずだとよろしいのですが」

扶朗の言葉に紫蘭は目を細めた。桃源郷は花仙がいるとされている場所のひとつであり、それが仙界を指すのか別の場所を指すのかは、学者の中でも意見が割れている。

（この人、私のことを口から出任せ言って助けてくれたけど、なにが目的なんだろう。この人のことをあんまり妄信するのは、やめたほうがいいかも）

紫蘭たちの一族は、以前都からやってきた商人に上手いこと言いくるめられて、財産である羊を全て取り上げられかけたことがある。取り戻せたからよかったものの、危うく冬を越せないところだったのだ。それ以降商売は、族長が直接玫瑰に出向いて行うようになった。そのおかげで、口が達者な人間に簡単に気を許すような真似はまずしないようになった。

少しだけ考えて、紫蘭は偉そうに見えるように胸を張った。

「仙界だって下界だって、綺麗なものは綺麗だし、美しさに上下なんてないでしょ。それより、いったいどこに向かっているの？」

「そうですね。申し遅れました。今から集会に向かうのです」

「集会」

この口から出任せの人間は、いちいち説明が足りない。

「我々はもう少しで王太子殿下を失うところでしたからねえ。それをお助けくださった第八花仙様の存在とお名前を後宮内に轟かせるのは、当然ではございませんか？」

「……はい？　私は、宮女をひとり押し潰しただけなんだけれど」

そういえば。紫蘭が落ちて、宮女が兵士たちに連行されていった際に、王太子に毒を盛ったという話をしていたようなと、今更ながら紫蘭は思い出した。

「いえいえご謙遜なさらず。あなた様が、危うく毒を盛られて亡くなるはずだった王太子を救ってくださったんですからね」

そう言って扶朗は含み笑いを漏らす。

王太子——次期国王の座が決まっている王子のことだ。

百花国において、基本的に後宮で生まれた子は成人したら後宮から出ていく。王太子であれば王太子宮に住まう。それ以外の子は妃の親族たちの伝手《つて》で仕事を得る。

一度後宮を離れた場合でも、後宮側が許可を出せば、半年に一度母親の妃を訪問することは可能である。

そういえば、と紫蘭は思い返す。もし紫蘭が押し潰した宮女が毒を盛っていなければ、間違いなく後宮から摘まみ出されるのは紫蘭のほうだっただろうに、彼女が王太子を毒殺しようとしていたがために、紫蘭は第八花仙に祀り上げられてしまった……。

(私……ただ落とし穴に落ちただけなのに、とんでもないことに巻き込まれてない？)

ダラダラと冷や汗をかいている間に、拓けた場所へと辿り着く。ここが後宮内で集会などを行う広場のようだ。宮女や宦官たちが集まっていた。

渡り廊下からその様子を眺めていると、広場の奥からドタドタと走ってくる女性が見えた。先程兵に連行されていった宮女に似た格好をしているが、こちらのほうが幾分着物が上質だ。彼女のほうが身分が高いのだろうか、と紫蘭はぼんやりと考える。

「扶朗様、困ります！　いったいなんですか、このみすぼらしい不審な女は……！」

「みすぼらしい……」

紫蘭はむっとして女性を睨む。たしかに宮女たちのような質のよさそうな着物は着ていないが、紫蘭の着物が劣っている訳ではない。なによりも、これを織ってくれたのは祖母だった。わざわざ紫蘭の花の図案を考えて、彼女の着物に織り込んでくれたこの世にふたつとない着物である。

彼女の少し棘のある言葉にも、扶朗は仰々しく返す。

「いやいや宮女長殿、先程王太子殿下が暗殺されかけましてなあ。宮女をひとり、兵の詰所に引き渡してきたところですよぉ！　あの宮女、いったいどこの妃の差し金で毒を盛ったのでしょうなあ」

宮女には二種類いるらしい。妃が実家から連れてきた者と、後宮が直接採用して配属先を決めた者と。どうも先程捕まった宮女は、後者の宮女だったようだ。

扶朗は宮女長が口を挟む暇を与えず、よく回る舌で話を続ける。

「いやはや、我が国に火種を投下するとはおそろしいおそろしい。そして彼女」

扶朗は紫蘭の背中をぽん、と叩いて宮女長と呼ばれた女性の前に押し出す。

「お集まりの皆さん。先ほど降臨された第八花仙様が件《くだん》の宮女を成敗してくださらなかったら、大変なことになるところでしたよぉ！　いやあ、本当に間一髪でした！

さすが第八花仙様、仙界からはすべてお見通しなんでしょうね」

「ちょ、ちょっと……扶朗!?」

紫蘭は睨んだものの、扶朗は仰々しい態度をやめることはなかった。

だが事情を聞いた宮女長は、みるみる顔色を変えていく。そして紫蘭を上から下まで一瞬で見てから、甲高い声を上げる。

「第八花仙様！　それは……大変なことでしたわね!?　無礼な態度、お許しくださいませ！」

彼女もまた、仰々しい態度で紫蘭に接しはじめたので、ますますもって紫蘭はどうしていいかわからなくなる。

だが、宦官長と宮女長、ふたりが大声で仰々しくのたまったため、広場に集まっていた宮女や宦官が、騒然としはじめた。

「ちょっと……第八花仙様……!?」

「たしかに毛の着物なんて、冬にでもならないと玫瑰じゃ見ないけど……」

「普通の異民族に見えるけど……？」

「でも宮女を成敗したって、どこから入ってきたの？」

皆の好奇と困惑の視線が痛い。紫蘭は困惑した。ただ、今なぜふたり揃って仰々しい態度で騒ぎ立てはじめたのか、理由はさすがに後宮のことにうとい紫蘭でも理解できた。

(私を餌に、王太子に毒を盛った黒幕を炙り出すつもりかあ……迷惑だな。私、そんなつもり全然なかったのに)

集まっていた人たちが騒然としている中、扶朗と宮女長の茶番は続く。

「ところで、第八花仙様が降臨なさったのですから、早速妃様たちと顔合わせをしていただくべきでは?」

「いやいや。桃源郷から降臨されたばかりで第八花仙様もお疲れなのですから、速やかに休む場所を用意すべきです」

「それならば、早速宮女の屋敷で……」

「いえ。我らが宦官側で面倒を見るべきです」

紫蘭は困り果てた。今度はなにやら揉めている。宮女と宦官の管轄、どちらが紫蘭を世話するべきか取り合いをはじめたらしい。

(どうしよう……そりゃ私も女なんだから。本当だったら宮女長さんに付いていったほうがいいとは思うけど。でもなあ……)

同じ後宮を管理する立場でありながら、どうも宮女と宦官は、微妙に役割が異なっているようだった。

宦官は後宮全体の管理を、後宮内で暮らす妃の世話は、宮女が行っているらしい。

しかし先程の宮女と宮女長の服装や、この場にいる宮女たちの様子を見るに、与えられている仕事や管轄も細かく分かれているようだ。

(そもそも王太子に毒を盛った宮女はいったい誰の差し金で動いていたのか、まだなにもわかっていないのに、のこのこ宮女長についていくのは危険な気がする。あの毒を盛った宮女の仲間や黒幕が、その中に交ざっていないとも限らないのだから。もしそのことをわかってないのだとしたら、この宮女長は相当考えなしな気がして、危ない予感がする)

ならば、捜査する側の宦官たちの傍にいるほうが、まだ安全なのではと紫蘭は考える。ただ、自分を第八花仙だと騒ぎ立てた扶朗の真意が汲み取れないのは気がかりだが、一応はこちらを花仙として扱うつもりらしい彼の傍にいたほうがましな気がする。

「ええっと、私は扶朗と共に行くから!」

途端に周りから何故か拍手が飛ぶ。囃し立てられているとか、ひやかしではないらしい。どうも第八花仙が後宮に滞在することが決まったので、宦官たちに歓迎されているようだった。紫蘭は困惑した顔で、ただ辺りを見渡していた。

広場の集会での茶番は、第八花仙が宦官詰所に滞在するという扶朗の宣言と共に、幕を下ろした。

扶朗に連れられ、紫蘭は再び宦官詰所に戻ってきたが、彼は「少々お待ちくださいませ、第八花仙様」と紫蘭を置いてどこかへ行ってしまった。

途方に暮れて立ち尽くしていたら、扶朗は別の宦官を連れて戻ってきた。

垂れ目でおっとりとした性格が表に出ている人であった。扶朗ほどの華やかさはないが、その純朴そうな雰囲気は、扶朗と違って嘘がなさそうで、紫蘭に安心感を与えた。

「第八花仙様、今日からお世話役を任せられることとなりました、白陽《はくよう》と申します。早速ですが客人用棟にご案内しますね」

「ええっと、よろしく？　あ、扶朗は？」

「宦官長はお忙しい身です。今もまだ、王太子殿下を狙った黒幕がわかっておりませんから」

「そうなんだ……」

「ええ、ええ。名残惜しくはありますが、私はこれでお別れです。さて……第八花仙様が滞在してどう変化するのか、楽しみにしております」

どうにも含みのある言葉だった。

（この人……本当になにを考えてるのかわからない。私になにかをさせようとしてるの？）

懸念はさておいて、紫蘭は、扶朗が白陽に「くれぐれも頼んだよ」と言い置いて、さっさと部屋を出ていくのを会釈して見送る。どうやら本当に忙しいらしい。紫蘭は白陽に付いて宦官詰所を後にした。

先ほど通ってきた宦官詰所から延びている長い渡り廊下を、紫蘭と白陽で歩いていく。

「今回は本当に大変でしたね。こんな時に降臨されなくてもよろしかったのに」

「そんなこと言われても……私だって好きで来た訳じゃないし、どうやって帰ったらいいのかわからないし」

紫蘭の言葉に、白陽は控えめに笑った。

「そうですか。今の後宮は結構大変なことになっていますから、全体的にぴりぴりしているんですよ。そのせいで第八花仙様がお気を悪くされなければいいんですけれど」

そう言っている間に、だんだん小綺麗な棟が見えてきた。

「こちらは、本来でしたら、妃様を訪問される王太子様や姫様が使用なさる客人用棟――花蕾棟《からいとう》なのですが、さすがに第八花仙様を宮女や宦官の詰所で預かる訳にもまいりませんから」

「これはこれは、ご丁寧に……」

客人用ならば、そんなに頻繁には使用されないだろうに、床を見ても汚れひとつ見当たらず、その上を歩くと鏡のように姿が映り込むのに驚く。いったいどれほど磨いているのだろうと紫蘭は唸り声を上げた。

通された部屋も、紫蘭が日頃寝ている天幕とは比べ物にならないくらい豪奢だ。天蓋付きの寝台は体が沈み込むほどふかふかで棚もあり、収納も万全である。机や椅子も、食事用や共同作業用ではなく、個人の仕事用のものが存在しているなんて、族長のところでしか見たことがない。紫蘭の知っている浮花族のおもてなしとは訳が違うと、ただぽかんと眺めていた。

そもそも、客人用棟というだけあり、そんな部屋が何室も連なっているのだ。

「こんなところ、私ひとりだけで使っていいの？」

「ああ、それなんですが。ひとりだけこの棟に住んでいる方がおられるんですよ。第八花仙様もお会いになりますか？」

「ええ……？」

紫蘭はその問いに目を瞬かせる。

ここは客人以外使わないと聞いていたが、先程暗殺されかけた王太子以外にも誰かが妃を訪問していたということだろうかと考えた。部屋を出て白陽に付いていくと、庭に面した渡り廊下に椅子が置いてあるのが目に入った。

　そこに座っていたのは、髪を肩までの長さに綺麗に切り揃えた小柄な少年であった。そもそもこの花蕾棟は王太子か姫しか使わないと白陽が言っていた。王太子は先程暗殺されかけたばかりだから、こんなところにいるはずがない。では、この明らかに紫蘭よりも年下であろう少年は何者なのか。

　その少年は、分厚い本をパラリパラリと捲りながら読んでいた。

「あの……この子は？」

「ああ、彼は月季《げっき》様です。王子ですよ」

「え……げっき、月季!?」

　そこで紫蘭は気付いた。

　今まで百花国の王族で、賢王月季以外に月季の名を付けられた王がいるという話は聞いたことがない。そして賢王月季がまだ後宮にいるということは、つまりは成人前。だとしたら、最低でも紫蘭の生きる時代から百年は前の話になる。

（ちょっと待って……私、落とし穴に落ちたと思ったら、百年以上前の百花国の後宮に来ちゃったってことなの？　でも待って。なんか変だ）

　そもそも、王位を継承するなら、月季が王太子のはずだ。しかし、先程の暗殺未遂騒動で殺されかけたのは、彼ではない。

もし暗殺されかけた王太子なら、こんな護衛もいない場所で暢気に本なんか読んでいないだろう。浮花族だって族長が出かける時には護衛をつける。ましてや王太子の暗殺未遂があったのならなおさらだろう。

ここ花蕾棟では、紫蘭と白陽が歩いてここに来るまで、護衛らしき人とは一度もすれ違っていない。

「ああ……そっか。月季はまだ王様じゃないのね」

紫蘭はようやく考えをまとめた。後宮にいる以上、彼もまた王族なのだから、単純に順番がまだ来ていないのだろうと納得したが、紫蘭の言葉に白陽はきょとんとした顔をしてみせた。

「はい？　月季様は王になる予定はないですよ？」

「え……？　だって、月季は王子なのでしょう？　どうして？」

「いえ、既に王太子は存在しますし、彼が亡くならない限り月季様には王位継承権は回ってきません。しかし月季様は、まことに残念ですが、継承順位は一番低いですし」

紫蘭はぎょっとして白陽を見る。彼は純朴そうな顔つきのままで、全く嘘は言っていないようだった。紫蘭は焦って言い募る。

「そ、その王太子が王様になって、その後は……？」

「そうなったら、ますます月季様に王位継承権は回ってきませんよ。基本的に百花国の王位継承は直系ですから。今の王太子は石蒜《せきそう》様ですけれど、仮に石蒜様が即位された場合、次の王位継承者は石蒜様のご子息の中から選ばれます」

「そ、その場合……月季は、どうなるの……？」

紫蘭の中で警鐘が鳴っている。これ以上は聞きたくないような、聞かなければならないような。白陽は紫蘭の反応を訝しがりながらも教えてくれた。

「月季様に王位継承権が回ってこない場合は、そのまま成人し次第後宮を出られますよ」

そう言われて、紫蘭はぐらぐらとめまいを覚えた。

（……まさかと思うけれど、あの宮女が石蒜を殺していたら……月季に王位継承権が回ってきていた？　でも石蒜が王太子ってことは……もしかして私、歴史を変えてしまったんじゃ……）

紫蘭がひとりこめかみに手を当てて悩んでいると、読書をしていた月季がようやく顔を上げた。いわゆる美形ではないが、あどけない表情で優し気な眼差しをしている。

「おや白陽。お客人ですか？」

ひと言発しただけだというのに、その声は不思議な色を帯びているように紫蘭には聞こえた。白陽は月季の問いに、背筋を伸ばす。

「はい、彼女は第八花仙紫蘭様です。後宮内で起こった事件を解決してくださったのですが……仙界に戻れないそうで、帰れるようになるまで、こちらで保護することとなったのです」

月季は不思議そうな顔で彼女を眺めていた。

「僕には、あなたが浮花族に見えますが……仙界ではそのような格好が普通ならば、考えを改めなければなりませんね？」

そのひと言に、紫蘭は知らず知らずの内に息を呑んだ。

月季は日焼けを知らぬ肌で、とてもではないが外を出歩く人間には思えなかった。だというのに、紫蘭の格好をひと目見ただけで、正体を看破してしまったのだ。

浮花族の特徴は、毛を織った着物と日焼けした肌である。特に織物の模様の中には、浮花族以外ではまずお目にかからないものも織り込まれているが、知識のある人でなければひと目で特定することは難しい。

（この子……頭がいいんだ）

一方、先程からいい人といった雰囲気を醸し出していた白陽が、慌てたように声を荒らげた。

「月季様……！　いくらなんでも、朽葉族《くちはぞく》と同じにするのは、失礼かと存じます！」

白陽の言葉に、紫蘭はむっとした。

祖母から聞いたことがある。浮花族は百花国の中で冷遇されていた頃、花の名を騙るのはふさわしくないと、朽葉族という蔑称で呼ばれていた時代が存在したと。

皮肉なことに、その白陽の悪気のない言動が、ここが百年前の百花国の後宮内だということを決定づけた。

しかし紫蘭の苛立ちは、月季の「白陽」とたしなめる声でかき消される。

「それは白陽のほうが失礼だと思いますよ」

その言葉に、彼女は打ち震える。

（そっか……この子は浮花族に対して偏見がないんだ……だから第八花仙の調停を受け入れ、百花国と浮花族の争いを終わらせられたんだ……）

だが。紫蘭は月季を見下ろす。

彼女より年下なのはもちろんだが、目の前の月季は紫蘭より身長が低く、見るからに腕も細いし肩幅もない。とてもじゃないが、後に賢王として百花国の歴史に残る王になるとは思えなかった。

そもそも、彼の王位継承順位が一番低いという白陽の言葉が引っ掛かる。

なにより気がかりなのは、王子がどうして妃たちの住まう屋敷ではなく、花蕾棟に住んでいるのかということだ。

るの？）
（私も後宮の話は、お父さんから聞きかじったくらいしか知らないけれど。後宮って王の子を育てる場所でもあるよね？　どうして月季はこんなところにひとりで住んでるの？）

月季は紫蘭が凝視しているのを見て、小首を傾げた。

「どうかしましたか？　ええっと……紫蘭、でよろしいでしょうか？」

「え……」

紫蘭はうろたえる。

紫蘭が第八花仙だと言うと、宦官や宮女たちはむやみやたらと傅《かしず》いたり敬語を使ってきたりしたが、王族の場合は花仙とどのように接し、どう呼ぶのが正しいのか。紫蘭は頭を悩ませたが、祖母の言った言葉がふっと脳裏にひらめいた。

『賢王月季との争いを第八花仙に調停してもらったことで、浮花族は自治権を得たんだからね』

（調停したってことは、このふたりの関係は対等でなければならないはず。つまり、本物の第八花仙が現れた時も、敬語を使わなかったかもしれない）

そこまで考えてから、紫蘭は月季に頷いた。

「ええ、私とあなたは対等だから。どうぞ好きに呼んで」

「わかりました。仙界に帰還する術が見つかるまでは、どうぞよろしくお願いしますね」

そう言って月季は柔和に笑った。

月季に挨拶を済ませて自室に戻る途中、紫蘭は疑問を白陽にぶつけてみることにした。

「どうしてこんなところに王子が住んでるの？　妃と一緒に生活しないの？」

「いえ……月季様は少々難がありまして。ご本人がというより、生い立ちと後宮の現状が、ですね」

「どういう意味？」

紫蘭の問いに、白陽は困った顔をしてみせた。

「元々月季様の母上は、妃ですらない宮女でした」

「それは」

紫蘭は口を噤む。

たまに起こりうる話だ。後宮内の女性は全て国王陛下への献上物ということで、宮女も王に気に入られれば、お渡りがあるということが。白陽は続ける。

「本来妃様の輿入れの際には、宮女が付けられ、後宮内で生まれた殿下は成人なさるまではその者たちに育てられるのですが……当然ながら月季様の母上には、産後で弱った体を労わる方も月季様の面倒を見られる方もおられませんでした。それどころか妃様たちからだけではなく、宮女たちからも裏切り者扱いを受けていじめられ続けました。結果として彼女は病に倒れて、帰らぬ人となりました」

「そんな……でも、だからって月季はどうして花蕾棟で暮らしてるの？」

「さすがに宦官側が介入したんですよ。これ以上宮女同士のいがみ合いや妃様同士の足の引っ張り合いで人死にが出れば、当時まだ後宮で生活なさっていた他の殿下たちの情操教育にもよろしくないと判断して、我々のほうで月季様を引き取ることとなったんです。しかし、我々は後宮で暮らしているとはいえ、妃様たちのように屋敷もありませんし、かといってまさか宦官の詰所で生活していただく訳にもいきませんから、苦肉の策として、花蕾棟に住んでもらっています」

「そう……事情はだいたいわかった」

紫蘭は少し痛むこめかみに指を当てる。

（おばあちゃんもまさか、後宮内でそんな足の引っ張り合いや、陰湿ないじめがあったなんて知らなかっただろうしなあ……でも月季が王にならなかったら、いろいろとまずくないかな）

改めて白陽を見る。基本的に穏やかな人物で、差別主義者という訳でもなさそうだが、さっきは平気で浮花族のことを朽葉族なんて蔑称で呼んだ。

おまけに後宮内はもっと華やかなものかと思っていたのに、想像以上に物騒だ。これでは毒殺騒ぎの黒幕を捜し出すのに難航するはずだと紫蘭は頭を掻きむしりたい衝動を堪える。

「あのー、すーみーまーせーんー」

花蕾棟の外から間延びした少女の声が響いて、紫蘭はきょとんとする。

「お客様？」

「いえ、今日は来客の予定は……何用ですか？」

紫蘭に頭を下げてから、慌てて白陽は棟の表門に出る。

渡り廊下から見下ろしてみると、声を上げていたのは少女であった。身なりからすると宮女のようだ。年は紫蘭より年下で、月季と同い年くらいだろうかと当たりを付ける。彼女は頼りなげに、花蕾棟を見回して途方に暮れた顔をしていたが、白陽が出てきたことであからさまにほっと息を吐き出した。

「すみません、宮女長様から言われて、こちらに来たんですけれど」

「はい？　そんな話は聞いておりませんが」

「えっと、第八花仙様は女性なんだから、女性の世話役がいないと駄目ってことだったんですけれど……」

「……少々お待ちください。確認を取りますから」

白陽は顔を上げて、表門を見下ろしている紫蘭に「この棟から絶対に出ないでくださいね」とだけ伝えて、少女と一緒にどこかに出かけてしまった。

そのあと、すぐに戻ってくると、少女を紫蘭に紹介した。

「……宮女長と宦官長で話し合いが済んでいたようですので。彼女は第八花仙様の世話役に任命されました桂花《けいか》と申します。私も引き続き世話役を務めさせていただきますので、どうぞよろしくお願いします」

「はい！　宮女長から派遣されました桂花です！　どうぞよろしくお願いします！」

まだまだあどけない少女であり、先程からピリピリした様子ばかり見せられていた紫蘭からしてみれば、故郷で一緒に暮らしていた子に近い雰囲気の桂花に、少しばかりほっとした。

桂花は早速、紫蘭のお世話をするべく花蕾棟内の確認をはじめた。

「すみません、こちらでは食事はどこでつくればよろしいですか？」

「食事は基本的に、宦官詰所でつくったものを運んできます」

「なるほど、では温度なども考えなければなりませんね。わかりました！　第八花仙様、少々お待ちくださいね！」

桂花はそう言って、早速宦官詰所に出かけていった。

しばらくして夕食の頃合いになると、桂花が手押し車に料理を載せて戻ってきた。

額に汗をかいているところからして、料理を自分でつくってきたらしい。

用意された料理はどれもこれも浮花族の天幕では見たことのないものばかりで、紫蘭は首を傾げながられんげで器に入った黄金色のものをすくう。鼻の奥がツンとする嗅いだことのない匂いに、不思議なとろみを帯びた汁物であった。

「これは？」

「あら、桃源郷では召し上がらないんですかねえ……これはすっぽんスープですね」

「すっぽん」

「美容にいいとのことで、妃様たちにも評判なんですよぉ。このとろみが、肌にいいらしんです」

「なんかすっとする匂いは？」

「香味野菜ですねえ。すっぽんは美容によくて味も濃いのですが、臭みがあるのが難点ですから、炊く時に香味野菜をたっぷり加えて臭みを消すんです。濾《こ》してるから、香味野菜自体はスープの中にはありませんけどね」

聞いたことのない名前の食べ物だと思いながら、ひと口スープを飲む。その味の濃さに、思わず目を丸くした。

紫蘭は普段、羊の出汁や乳を使った汁物しか飲んだことがなかったため、世の中にはこんなにおいしいものがあるなんて知らなかった。そもそもなにかを足して臭みを消すという発想も、濾してスープだけ残すというのも初めて知った。

すっぽんの肉を齧《かじ》るとプルプルして、その食感も紫蘭は楽しんだ。

「おいしい……！」

「ありがとうございます！　第八花仙様に喜んでほしくって、腕によりをかけた甲斐がありましたよぉ」

桂花はにこにこしながら言う。

「でも第八花仙様ぁ、なにもこんな時期に後宮に降臨せずともよかったんじゃないですか……今って無茶苦茶後宮内の治安が悪いんで、少し心配になりました」

桂花の複雑そうな声に、紫蘭はスープをすくっていたれんげを止める。

「今、この後宮内ってどうなっているの？　大変なことになっているっていうのは、白陽からも少し聞いたけど」

「うーん……どうなっているって聞かれてしまうと、なかなか答えにくいんですけれど。あっ、第八花仙様って、後宮内の人間関係までは把握してない感じですか？」

「……仙界から眺めていて、人間がいるのが見えても、人間の中身までは見えないから」

「ああ！　やっぱり千里眼をもってしてもそこまでは把握できませんかぁ。わかりました」

桂花があまりにあっさりと信じてくれるので、紫蘭は少しだけ心配になる。

（嘘をついている私が思うことでもないけれど、この子、私が言った言葉を全部真に受けて大丈夫なのかな……それとも花仙信仰って、百花国では私たち浮花族が思っているよりもずっと根強いものなの？）

紫蘭たち浮花族には、花仙信仰がない。第八花仙が例外中の例外なのだ。それに対して百花国では、全八人いる花仙を誰もかれも信仰しているらしい。その辺りは玫瑰に行ったことのない紫蘭には、理解の及ばないものであった。

（でもなあ。私も百年前の後宮のことなんてなにも知らないし。おばあちゃんから聞いていた話以上のことはなにもわからないから、身動きしやすくするためには、情報がほしいよね）

紫蘭がそう自分に嘘をついていることの言い訳を考える中、桂花は話したい内容を指折り数えながらまとめていた。

「ええっと……今の後宮内には、妃様が四人いらっしゃいます。そこまではわかりますか？」

「白陽から妃同士のいがみ合いがあるとは聞いていたけれど、人数は今初めて知った」

「そうですか。後宮って基本的に、偉い諸侯の姫君や豪商の娘が輿入れされるものなんですね。つまり後宮にいらっしゃる妃様たちは、皆美人なだけでなく、諸侯や豪商の交渉の窓口として国王に献上されるものなんです」

「ずいぶんな物言いだね……」

まるで浮花族が羊肉や毛織物を売って、小麦粉や野菜を買うように、姫君が完全に商売道具になっているようで、紫蘭は鼻白む。それを見て桂花は肩を竦める。

「偉い人たちは、皆そんな感じみたいですね」

紫蘭がすっぽんスープを食べ終え、出された餅を食べはじめたところで、桂花は「それでですけど」と続ける。

「現在いる妃様はそれぞれ、朱妃《しゆひ》様、莉妃《りひ》様、星妃《せいひ》様、梅妃《めいひ》様です。今一番、後宮内で発言力をお持ちなのは、第八花仙様が助けられた石蒜様のお母様に当たる朱妃様です。一番若いのは星妃様ですね。でも他のおふたりも実家の後ろ盾が大きいですから、油断も隙もないってもっぱらの評判です」

「油断も隙もないって……ちなみに桂花は、誰か特定の妃に仕えているの？」

「うーんと。宮女も妃様の実家から連れてこられた者たちと、ここに花嫁修業をするためにやってきた者たち、私みたいに実家に仕送りするために働きにきた者がいるんですね。さらにその下には雑用全般を行う下働きがいます。私たちみたいに妃様の実家から来たのではない宮女は、特定の妃様に仕えないので、宮女長の判断で茶房や料理房、洗濯房など人員不足の場所に派遣されてるって感じです」

「なるほど……なんだか大変そうだね」

紫蘭の感覚では、女同士というものは、仕事の合間に皆でお茶をして情報交換会をするといった仲間意識の強いものなのだが、どうも後宮はそういうものとは程遠いらしい。

紫蘭は後宮から連行されていった宮女のことを思った。

(妃に直接仕えている宮女じゃなかったから、黒幕捜しが難航してるってことなんだな)

「大変なんてもんじゃないですよぉ。人間関係が複雑なので下手を打ったら命取りになりますから、ここで働いている人間は皆、情報収集には慎重になるんですよぉ」

「まるで戦場みたいだね」

桂花は心底うんざりしているといった具合に、大袈裟に肩を竦めた。

「戦場ですよー。後宮内でそれぞれの実家の代理戦争をしているようなもんです。そもそも妃様全員、実家が戦争が大好きな家系なんですよ」

「なんで皆していちいち物騒なの……。ちなみにあの白陽や扶朗は？　あの人たちはどの妃にも肩入れしてないように見えるけど」

「あの方々は宦官ですねえ」

「宦官って？」

「ええっと……第八花仙様は去勢ってご存じですか？　あの方々は後宮で問題を起こさないように、後宮で働く際に去勢された元男の方々です」

「あー……」

それでようやく紫蘭も、彼らが性別不詳だった理由に納得した。浮花族でも、羊の数の調整のために、定期的に雄羊の去勢は行うので、意味はわかる。

「宦官って、性別不詳なところが謎めいていて素敵ってことで、一時期は妃様や宮女の中にも入れ込む方々が多かったみたいですし、宦官の中には力のある妃に取り入ろうとする方々もおられたみたいですが、最近はそういう話はとんと聞きませんねえ。今はどこの妃様にも入れ込む人たちがいないみたいです」

「完全中立って感じなのかな」

「そんなところですねえ。あっ、そういえば百花国で、このところ鎮圧とか制圧とか戦や内乱がずっと続いているのは、第八花仙様もご存じですか？」

紫蘭は箸を取り落としそうになる。

……それも祖母が何度も口を酸っぱくして言っていた話だった。

「……知ってる」

「なら話は早いですね」

桂花はきょろきょろと辺りを見回した。現在、白陽は月季の世話のために、席を外している。誰もいないことを確認してから、それでもなにかを警戒してか、ずいっと紫蘭に顔を近付けて、桂花は至近距離で話す。

「正直な話、この数年間、百花国は傀儡《かいらい》政権って奴なんですよ。今の王様の藤羅《とうら》様にはなんの権限も与えられないで、後宮の妃様たちの実家の都合で動かされているって感じです」

「ええ……？　そんな好き勝手やってて、王様に怒られて追い出されたりしないの？」

「それだけ頼りになる王様だったら、王様のための後宮内の治安がこんなに悪くなったりしませんよー。そもそも政治についてよくわかんない私でさえ傀儡政権のことを知ってるのがおかしいんですからね？　自分たちにとって都合のいい女性を王様に妃様としてあてがって、権力を強める。そういうことを繰り返した結果、妃様の血縁と政治が強く結びつき、血縁者にとって都合の悪いことを言った王様が暗殺されたり、謀反を起こされたりして。だから王様も妃様の親族が怖くて逆らえなくなっちゃったって感じです。要はこの国では、王様が人形で、妃様の実家が人形遣い。人形遣いによって統治されている国なんですよぉ」

紫蘭はその話に絶句した。

（治安が悪い治安が悪いとは聞いていたけど……いくらなんでも、度が過ぎてない？）

紫蘭がめまいを起こしそうになっていると、桂花は誰も聞いていないのを再び注意深く確認してから、更にこっそりと紫蘭に耳打ちする。

「……正直、今日の石蒜様の暗殺未遂騒ぎだって、どこかの妃様の実家の差し金じゃないかって噂です。毒を盛った宮女だって、とかげの尻尾切りにあったようなもんですよ。石蒜様のお母様に当たられる朱妃様ですけど、軍で力を持っている将軍家出身なんです。今の後宮で一番力を持っていらっしゃる上に、もし石蒜様が即位されれば、そのまま王太后になり、朝廷でも強い発言力を持つことになります。おまけに今の将軍は、朱妃様のお兄様がなってらっしゃるんですよね。今回の暗殺未遂は、これ以上朝廷内で彼女の権力を強めたくないって考えの人たちの意向なんじゃないかってもっぱらの噂ですよ」

その話に紫蘭はげんなりとした。

扶朗が自分を助けた上で、第八花仙に祀り上げたのは、黒幕捜しの囮に使う気なんだろうかとは、薄々考えてはいたが。

実際、後宮の力関係にこれ以上余計な負荷をかけないために、ひとまずは妃たちがこの件に手を出せないように取り計らったというところだろう。

（めんっどくさい……っ。誰もかれも自分のことしか考えてないじゃない）

ただ、その話を聞いていてもっとも気がかりなのは、後宮内で絶大な権力を持っている朱妃もそうだが、その息子であり、次期国王の石蒜の存在だ。

話を聞いている限り、そこには、いち宮女の息子である月季が、王太子になる日が来るとは全く思えない。

「その……石蒜がこのまま即位したら、どうなると桂花は思うの？」

紫蘭からしてみれば、話をしてみた限り、月季は素直で優しそうな子だとは思ったが、今の彼が伝承に残るような賢王になるとは想像しづらい。なら石蒜はどうなのか。

紫蘭の問いに、桂花はあからさまに渋い表情をしてみせた。

「……石蒜様は、まあ朱妃様の息子ですから、顔が整っていますね。既に成人して後宮にはいませんが、朱妃様を訪問される際に遠目にお見かけしたことがありますよ。ただ、朱妃様や将軍がしゃしゃり出てきて、人形遣いの新しい人形になるのが目に見えています。今でも無駄な戦争が多いのに、戦好きの家の血を引く石蒜様が一番上になったら、ますます戦争が増えるかもしれないです。そんなの嫌ですよー」

「わかった……いろいろと教えてくれてありがとう」

話を聞いて、紫蘭はますますげんなりしてしまった。

食事を片付けに桂花が去ったあと、紫蘭は窓の外を見た。

目まぐるしく状況が変わったと思ったら、気付けば日は暮れ、夜になっていた。

空の星は、百年後の草原となんら違いが見つからない。

「私、とんでもないことをしてしまったような気がする……」

白陽や桂花の話が全部本当だとしたら、石蒜を即位させてしまうのは、どう考えてもまずい。

戦がずっと続いていると言っていたし、祖母も、浮花族だって何度も百花国と戦をして、何度も隷属させられかけたという話をしていた。

このまま話が進んでしまったら、百年後に草原で暮らしている浮花族の平穏な日常は消失してしまう可能性だってある。

——石蒜の毒殺を止めてしまったのは、紫蘭なのだから。

「責任取らなきゃいけないよね……でもなあ……この場合ってどうすればいいんだろう」

白陽の言い方からすると、現状のままではどう足掻いても月季に王位は回ってこない。その上、石蒜に即位されてしまったら、月季は二度と王位に就くことができないだとしたら、月季のほうが国王にふさわしいということを周りに立証して、石蒜に王太子の座を降りてもらうというのはどうだろうか。

「うーん……」

これが一番平和的な解決だとは思うが、白陽曰く月季の継承順位は一番低いらしい。

わざわざ一番低いと言ったからには、他にも継承権を持っている王子がいるのだろう。

一旦他の王子の存在は置いておいて、次に考えるのは月季のことである。

紫蘭より年下の王子である月季は、言ったら悪いがものすごく頼りなく思えた。小柄だし華奢だし、なによりも威厳がないし後ろ盾もない。声はたしかに不思議な色を帯びているし、頭はよさそうだと感じたが、まあそれだけだ。

今のところは、儚い雰囲気の可哀想な王子というのが、紫蘭が抱いた月季の印象だった。

だが。あの胡散臭い扶朗が、わざわざ宦官たちの管轄で預かっているのである。そんな月季が、ただの王子とも思えない。紫蘭の知っている賢王月季として名が知れ渡るだけのなにかが彼にあるから、保護しているのかもしれない。

後宮の誰もがその存在をないがしろにしないようになれば、もしかしたら石蒜も王位を譲らざるを得なくなるのではないだろうか。他の王子もいるだろうから安直な考えかもしれないが……。

そこまで考えたが、紫蘭には国を治める人の威厳の出し方というものがわからない。

浮花族の族長は、商売でも交渉上手であり、弓矢の名手で盗賊や大鳥、狼と対峙する時も立派に指揮を執るが、百花国の王はどうなのだろうか。

「……うーんうーん。でも、戦争はやっているんだから、似たようなもんじゃないのかな」

（さすがに弓矢の名手だったら、わかりやすくて誰もが王と認めるのではないだろうか……）

考え方があまりにも力に拘りすぎている気もするが、普通の浮花族の娘である紫蘭は、交渉術も頭のいい会話もできないし、そんなことは自分よりも宦官たちのほうが教えているような気がした。

（とりあえず、まずは月季に周りを黙らせるだけの威厳を身に着けてもらおう。そして石蒜に王位継承権を譲ってもらおう）

花仙信仰は、百花国では一般的なことのようだが、第八花仙の言葉にどれだけ力があるのかは、紫蘭にもよくわからない。

だが扶朗によって勝手に第八花仙に祀り上げられたのだ。この立場は大いに利用させてもらおう。紫蘭はそう心に決めた。

まずは明日から月季に弓矢を教えたいと、周りに交渉してみよう。彼女はそう考えて、寝台に横たわった。

彼女が普段使っていた寝台よりも柔らかく心地よい上に、天幕と違って寝所は毛の織物を貼り付けてもいないのに風が通らず暖かだ。

目を閉じると、普段の天幕での夜を思い出した。

（おばあちゃんにひどい態度を取ったまま、いなくなっちゃった）

そうぽつんと思ったところで、睡魔にいざなわれて、次の日までぐっすりと眠りについてしまうのだった。

王子の勉強会と宦官との密約

翌朝、紫蘭は起きて自分の体が軽いことに驚く。

(驚いた……寝台が変わっただけで、こんなに体の調子まで変わるんだ)

肩をぶんぶんと回してみる。人の気配がないことだけは、いささか寂しく感じた。ひとつの天幕に家族揃って眠り、天幕の外に出れば浮花族の誰かがいるのが当たり前の生活だったため、これだけ人の気配が乏しい朝は、生まれて初めてだった。

紫蘭は矢筒と弓を携えて、棟の中を歩きはじめた。棟内は既に使用人たちによって掃除が行われており、その指揮を白陽が執っている。

「おはよう」

「ああ、これはこれは第八花仙様。おはようございます」

「あのう……朝食が終わったら、月季を借りてもいいかな?」

「はあ? 月季様をですか?」

目をパチパチさせる白陽に、紫蘭は胸を張って昨日の思いつきを口にする。

「月季に弓矢を教えたいんだけれど」

「は、はあ……? 第八花仙様自ら、月季様に弓矢を……?」

白陽がプルプルと震えはじめたのに、紫蘭はきょとんとする。

見ると、話を聞いていたらしい使用人たちまで、ぎょっとした顔をして紫蘭を見ている。

（あれ？　月季に弓矢を教えるくらい、そこまで大事にならないと思ったんだけれど、なにか間違ってた？　それとも、後宮の禁忌にでも引っ掛かった？）

きょとんとしていた紫蘭はあわあわする周りの反応を見ている内に、気が付いた。

そもそも第八花仙は戦と狩猟を司る花仙なのだから、その花仙がわざわざ降臨し、なんの後ろ盾もない王子に自ら弓矢を教えるとなったら、それは一大事になるだろうと。

月季が第八花仙から弓矢を教わったなんて話は、すぐに後宮中の噂になるはずだ。

（どうしよう……月季のお母さんも、妃や宮女たちにいじめられ続けて死んだんだよね。月季だって、他の妃や宮女たちからいじめられないように、わざわざ宦官たちに保護されてるんだから、余計なこと言っちゃった？　でもなあ……このまんま放置していても、月季はただのか弱いだけの王子だもんなあ）

か弱いだけの王子では、とてもではないが王位が転がり落ちてくるとは思えない。

紫蘭がひとり思い悩んでいる間に、白陽は使用人たちに「掃除を続けているように！」と声をかけてから、踵を返す。

「あのう?」

慌てた様子の白陽に紫蘭が声をかけると、白陽は焦り過ぎているのか、声が裏返っていた。

「扶朗様に相談してまいりますので、少々お待ちください……!」

「ええ……宦官長に相談って、大袈裟じゃ……」

「……後宮にまたも争いの種をばら撒かれたくはありませんから。朝食は桂花に頼んでください! それでは!」

「ああ……」

そのまま白陽が棟を出ていくのを、紫蘭は呆然と見送った。

(ひとつ提案しただけで、上に報告、連絡、相談しないと許可をもらえないなんて。後宮って面倒くさい)

紫蘭は漠然とそう思いながら、自室へと戻った。

ちょうど、桂花が宦官詰所の厨房から食事を運んできてくれたところだった。

「おはようございます、第八花仙様。なんか今、白陽様が急いで棟を出ていかれましたけど?」

桂花は不思議そうに首を傾げながら、手押し車から食台へ料理や食器を並べていく。

用意してくれたのは、水餃子だった。

スープで煮たそれは皮が透き通り、口に含むと肉の甘みがじわりと滲み出てくる。紫蘭はその旨味に驚きつつ桂花に尋ねる。

「おいしい……でもこの肉なに？　昨日食べたすっぽんじゃないし、羊でもないし」

「豚肉ですけれど？　もしかして仙界では豚肉は駄目でしたか？」

「ううん、おいしいと思ったから、聞いただけ」

日頃から浮花族の食べる肉はもっぱら羊の肉だ。それ以外の肉は、族長たちが都に商売に行った帰りに入手してきた時しか口にする機会はなく、そのほとんどが干し肉のため食感も旨味も異なる。

スープにも肉の旨味が出ていくらでも飲めそうだが、どうにか堪えて水餃子をあとひとつだけ食べてから、紫蘭は口を開いた。

「私はただ、月季に弓矢を教えたかっただけなんだけれど、白陽は扶朗に許可を取ってからと言っていなくなっちゃって」

「え……！」

桂花が悲鳴を上げるのを聞き、紫蘭は嫌な予感を覚えた。

（もしかして……後宮内の勢力争いに加担するのはやめろとか、そういう話になっちゃうの？）

紫蘭がまずいまずいと冷や汗をかいていると。

「すっごいです……！」

桂花が目を輝かせているので、紫蘭は唖然とする。紫蘭の反応を無視して、桂花は握りこぶしを振りながら語る。

「月季様については、私たちも宮女長から関わるなって言われていたんですよ！　いったいなにがどう妃様たちを刺激するかわかりませんし、下手に妃様たちを怒らせたら、何人の首が飛ぶかわかりませんから！」

紫蘭はぼんやりと、首が飛ぶっていうのは、仕事を失うとかいう意味ではなく、言葉通りの意味なんだろうなと考える。

思わず遠い目になってしまう紫蘭をよそに、桂花は熱を込めて続ける。

「ですけど、第八花仙様は違いますもんね！　私たちが考えないといけない後宮内の政治闘争のことを無視してもかまいませんもんね！　妃様たちだって、下手に第八花仙様をどうこうなんてできませんもの！　ですから、月季様に関わっても誰もなにも言えませんもん！　すごいですよ、私、応援します……！」

黄色い声で言い終えた桂花に、紫蘭は目をパチパチさせた。

「ええっと……桂花は月季についてどう思ってるの……？」

念のため紫蘭は確認を取る。宦官たちはともかく、宮女長から送り込まれた桂花が、宮女長側になにかと告げ口をすると面倒くさいと思ったのだが。それに桂花は胸を張って答える。

「だって儚い王子様なんて、眼福じゃないですか！　父には放置され、母には先立たれ、後ろ盾がなにもない中、懸命に後宮で生きていらっしゃるって、それこそ楽団の演目になってもおかしくないですよ！」

「そ、そういうもんなの？」

桂花の熱弁に、紫蘭は顔を引きつらせる。どうにも彼女と紫蘭の美的感覚はずれているらしい。紫蘭は月季を見ても眼福とは思わない。それが浮花族と都の人間の感覚の差なのか、百年間の歴史の差なのかはわからない。

桂花は鼻息荒く続ける。

「そういうもんなんですよぉ！　楽団の役者を応援する感覚で、月季様を応援したってかまわないじゃないですか！　あ、これは他の方々にはくれぐれもご内密に。私も自分の首と胴体が離れるのは嫌ですから！」

彼女の怒濤の語りに引きつりながらも、紫蘭は首を縦に振った。要は偶像のように月季を崇拝したいらしいが、火中の栗を拾うようなおそろしいことはしたくないと。誰かに肩入れすると表立って口にしない限りはなにを好きでもかまわないのだろう。

そうこうして朝食を終えたところで、白陽が戻ってきた。息を切らしているのは、扶朗を捜し回ったからなのか、彼のよく回る舌に振り回されたのかどちらだろうと紫蘭は思った。

「お待たせしました、第八花仙様……！　月季様の弓矢の稽古ですが、棟の中庭で、花蕾棟以外の建物から見えない場所ででしたらかまわないとのことでした」

「やる場所まで考えないと駄目ってことなの？」

紫蘭は少しだけむくれる。基本的に浮花族では、弓矢は騎乗で行うのが普通だ。中庭を見た限り、とてもではないが騎射の練習なんてできそうもない。白陽は困った顔で答える。

「申し訳ございません。なにぶん月季様は弓矢が初めてですから、まずは弓矢の扱い方から教えていただくことはできませんか？」

「んー……そうなの？　わかった」

浮花族だと弓に矢を番《つが》える術から弓に弦を張る方法、矢尻を付けて矢をつくる方法などを幼少期に徹底的に教え込まれるが、百花国の軍はどうなっているのだろうと紫蘭は考える。そもそも浮花族だって族長がどこかに出かける時は必ず護衛がつくというのに、月季には世話をする宦官はいても護衛のひとりすらいないのだから、自衛の手段くらいは必要だろうに。

紫蘭はもやもやするものを抱えながらも、月季の部屋に向かった。

廊下には相変わらず月季の読書用の椅子が置いてあるが、今日は部屋にいるらしい。

「月季。紫蘭だけれど、今入って大丈夫？」

「はい、どうぞ」

礼儀正しい声に、紫蘭は部屋の扉を開く。

彼の部屋は、本に囲まれていた。これだけ本が積まれているのは、浮花族の族長の天幕でも見たことがない。月季はその中で初めて会った時と同じく、静かに分厚い本を読み耽っていたようだった。

「分厚い本ばかりね。月季は読書が好きなの？」

「はい」

月季は顔を上げてにこやかに笑うと、パタンと本を閉じた。

「この辺りに積んでいるものは扶朗にいただいたものですけれど、今は図書館の本を読んでいるところですね。もうちょっとで全部読み終えられそうです」

「読み終えられるって……」

「図書館の蔵書、ですね」

紫蘭は信じられないものを見る目で、月季を見た。そもそも定住地を持たない浮花族からしてみれば、族長以外に本を収集する習慣はまずない。だからこれだけの本を持つことも、ましてや全部読むことも、彼女にとっては理解が及ばないことだった。

紫蘭の反応に、月季は不思議そうに小首を傾げる。

「紫蘭？」

「えぇっと……そう。本が好き、なのね？　……あの、一緒に弓矢の練習をしない？」

「弓矢、ですか？」

紫蘭の唐突な誘いに、月季は当然ながらきょとんとした顔をしてみせた。それを見て紫蘭は必死になって言い募る。

「えぇっと。だってこの間、王太子の暗殺未遂があったでしょう？　花蕾棟は白陽や桂花以外にはわずかな使用人しかいないし、なにかあったら危ないじゃない。本当なら自衛手段を身に着けるべきだけれど、それは急ごしらえだったら意味がない。でも弓矢を引けたら、ある程度は威厳もつくし、仮にあなたを殺そうとする人が現れたとしても、正面からやろうとはしなくなるんじゃないかしら」

紫蘭が思ったことを一気にまくし立てると、月季は考え込むように顎に手を当てた。さすがにこれは言い訳として厳しいだろうか。

「月季？」

「……そうですね。威厳は必要かもしれません。でも、正直驚きました」

「なにが？」

紫蘭の問いに、月季は落ち着いた声で答える。

「僕はいてもいなくても同じような扱いでした。ですから護衛も必要ないくらいだったんです。僕には後ろ盾はいませんし。扶朗や白陽たち宦官は気を遣ってくれますけれど、僕の存在はその程度のものでしたから」

あまりにも当たり前のように言う言葉に、紫蘭は絶句する。

いくら月季の母親が宮女だったからとはいえども、月季は仮にも王族なのだ。それをいてもいなくても同じというのはひど過ぎやしないか。

そもそも紫蘭は知っている。都と縁遠い浮花族にすら届く、賢王月季の名声を。こんなところで放ったらかしにされて終わるなんて、ありえないのだ。

「……誰もがまだ、あなたの価値に気付いてないだけよ」

「紫蘭？」

「とにかく！　まずは弓矢の稽古をはじめましょう！　本当は乗馬の方法とか、もっといろんなことを教えたいけれど、まずはそこから」

紫蘭は月季の手を引いて、白陽に教えられた場所へと向かった。

めったに客が訪れないせいだろうか。花蕾棟の中庭は、後宮の他の場所と比べれば殺風景と言ってもおかしくない場所だった。花どころか木も低木が植えられている程度で、使用人たちにより最低限の手入れのみされているといった有り様だ。

「なんというか……他の場所みたいに華がないのねえ」

紫蘭の感想に、月季は困ったように笑った。

「花蕾棟は後宮内で唯一男性が出入りすることを許される場所です。ですから、万が一にも問題が起こらないよう、遮蔽物を減らしているんです。王以外の男性は後宮内を自由に歩き回れないんですよ」

「ふーん……」

一度後宮を出たら、たとえ王子であっても特別扱いはされないものらしい。

だが、弓矢の鍛錬をする場所と考えれば、意外にもここほどやりやすい場所も後宮内にはそうないように見受けられた。草原と比べれば草木が少ない分、足も踏ん張りやすいことだろう。

紫蘭は的にする木の板を低木に引っ掛けると、弓矢を月季に見せた。

「最初に尋ねるけど、月季は弓矢や武術の心得は？」

「全くありません」

「なるほど……ちなみに乗馬は？」

「後宮から出たことがありませんから、本当に全くないです」

宦官たちの教育に紫蘭は頭が痛くなった。

月季を保護して文字の読み書きは教えていたものの、武術の鍛錬については考えが及ばなかったらしい。

とりあえず、紫蘭は弓矢の使い方を彼に見せることにした。

「まずはこうして弓に矢を番えて、大きく弦を引く。力いっぱい引いたら、その分だけ射った矢の飛距離が大きく延びるから。ただ、引き過ぎても的には当たらない。弓矢を射る正しい構えを覚えないと駄目。ちゃんとした構えで打てば、どこからでも的に当たるから。ほら」

紫蘭が矢を離すと、綺麗な音を奏で、矢が真っ直ぐ的に突き刺さった。その美しさが、見ている人の視線を奪う。

月季は彼女の技術に息を呑んだ。

「すごい……！」

「練習すれば誰でもできるようになるけれど、まずは的に矢を当てることより形を覚えたほうがいい。最初は素引き。矢を番えずにやってみて」

紫蘭が自分の弓を月季に差し出すと、月季は恐々と弓を引いた。が。

「あ、あれ……？」

月季は一生懸命弓を引いているのだが、紫蘭が簡単にやってみせたようには弓を引くことができず、当然ながらこれでは仮に矢を番えたとしても、的を射ることなんてできない。月季が「うーんうーんっ」と言いながら弦を引っ張るのを、紫蘭は慌ててやめさせる。

「力で引っ張らないで。無理に引っ張ると変な癖がついて、かえって矢が打てなくなるから。まずは背筋を伸ばして、足を広げて」

「こ、こうでしょうか？」

「そう、それで引いてみて。姿勢さえ正しかったら、力でごり押しせずとも弓を引けるはずだから」

「わ、かりました……」

月季は顔を真っ赤にしながらも、必死に弓を引く。まだ矢が打てるほどではないが、先程のへっぴり腰よりは姿勢がましになったように思える。その日は結局、矢を番えることなく弓を引く練習だけで終わった。

汗びっしょりになった月季たちに、見守っていた白陽がお茶を持ってきてくれた。鍛錬後にも飲めるよう、少し冷ましてあるものを、ありがたくいただく。

「鍛錬お疲れ様です。第八花仙様、月季様の弓矢の腕はいかがでしょうか？」

白陽に尋ねられて、紫蘭は少しだけまごついた。美しく弓を引く姿勢というものは、人を黙らせるほど迫力のあるものだが、月季のそれは程遠い。

「……全然駄目。多分騎馬民族の子のほうが、まだましなくらいだわ」

「あはは……僕、全然なんですねえ……」

慣れないことをさんざんさせられた挙げ句、下手だと言われたのだから、もっと怒ってもいいはずなのに、彼はにこにこと笑いながら白陽からもらったお茶を呷っていた。紫蘭は戸惑って尋ねる。

「できないことが、そんなに面白いことなの？」

「いえ。できないことというよりも、知らないことでしょうか。僕は図書館の蔵書はほぼ全部読んでしまいましたけれど、実体験に勝ることはないのだなと再認識しました。弓矢を射る方法も、本では学んでいました。ですが知っているのと、こうして紫蘭にやり方を聞いて実際にやってみるのとでは、全然違うと……それが楽しいなと思いました」

紫蘭はその発言に、なんとも言えない気分になった。

月季の生活の不自由さもだが、そこで彼が自身を憐れむような卑屈な言動もせず、どこまでも前向きに考えていることに、彼女は呆気に取られてしまったのだ。

とにかく。なにもしなかったら目の前の月季が王位に就くことはないのだ。

紫蘭は月季に「朝と夜に素引きを三十回やって。それで弓を引く力と、正しい姿勢を体に叩き込むの」と教えてから、部屋に戻ることにした。

部屋に入ると、窓から仕事をしながら見守っていたらしい桂花がパタパタと走ってきた。

「第八花仙様！　すごかったです、弓矢！」

桂花が嬉しそうに身振り手振りで弓を射る仕草をしてきたので、紫蘭は手を振る。

「大したことないわ。そんなこと」

「それでも！　御前演武で、後宮にも兵が演武を披露しにきて、弓を射ることはありますけれど、あれだけ優美に的を狙う方なんておられませんでしたもの！」

そうか。と今更ながら紫蘭は気が付いた。

（今の王はほとんど人形同然だとは聞いているけれど、演武のときなら王を操っている人たちもたくさん来るだろうし、もしかしたら王の味方をしてくれる人だっているかもしれない。その演武で月季が弓矢を披露すれば、朝廷が心変わりして王太子を変えるって考えも湧くかもしれない。でもなあ……）

紫蘭はそれでいいのか、判断ができなかった。

百花国が全体的に好戦的な方向に傾き過ぎていると、以前桂花から教えてもらった。おまけに月季としゃべっていると彼は本当に賢い王子だとは思うが、好戦的な性格からは程遠い。

王太子の石蒜の性格は知らないが、石蒜の母方の家系は好戦的だという。だが。

（……賢王月季に調停を受け入れてもらわないと困るのに、月季を好戦的にする必要があるの？　それだと今までの王となにも変わらないような気がするし、そもそも私の知っている賢王月季と結びつかない……うーん）

国に月季を認めてもらうには、やっぱり演武以外の方法のほうがいいような気がする。武芸で認められたところで、戦好きな人たちを喜ばせるだけだ。

ただ、月季は今のところ幼い外見のせいか、出自のせいなのか、必要以上に周りから舐められている。少しでも威厳を身に着けるためにも、弓矢の鍛錬は続けたほうがいい。有事の際に役に立つこともあるだろう。

紫蘭はそう考えをまとめた。


次の日、朝食の席に着くと、桂花からほこほこと湯気の出る竹の蒸籠《せいろ》を渡された。蓋を開けると饅頭が入っている。

「これは?」

「肉饅頭ですよ。手摑みでも食べられますけど、熱くて手で持てないなら、お箸を使ってもよろしいですよ」

「でも……」

紫蘭はあえて箸を使わずに熱々の肉饅頭を慎重に手に取り、はふはふと冷ましながら食べた。

「あっつ……」

「ああ……第八花仙様、ゆっくり食べてくださいよぉ。蒸し上げたばかりでまだ熱々ですから！」

「でも……おいしい」

紫蘭の率直な感想に、桂花はぽんと手を叩いて、「それはよかったです！」と笑う。

水餃子もそうだったが、羊肉と豚肉、食材や調理方法を変えるだけでこうも味わいが変わるのだなと感心する。

饅頭に詰まっている豚肉と刻んだ野菜がたっぷり入った甘い餡に舌鼓を打ってから、月季の部屋に向かった。

「おはよう、月季。もう朝食は食べた？　あれ？」

ひくりと鼻を動かすと、墨汁の匂いが部屋に充満していることに気付く。

部屋では紫蘭が貸した弓を机に立てかけた月季が、帳面になにかを書いていた。墨で描いた簡単な絵も添えられているが、その絵はどう見ても紫蘭が昨日教えた弓を引く姿勢であった。

「なあに、これ……？」

「ああ、おはようございます！」

月季は絵を見られて、照れたように笑った。

「これはなに？」

紫蘭が帳面を指差して尋ねると、月季はにこやかに答える。

「僕はまだ、紫蘭のように上手く弓を引くことができませんから、教えてもらったことを全部書いてまとめていたんです」

「でも、弓引きなんて、文字に起こすより体で覚えないと意味がなくない？」

「そんなことはないですよ。体調が悪くて弓引きができない時でも、書いたものを見れば思い返すことができますし、寝る前に読めば紫蘭の動きを想像することができますから」

そういう考え方は、紫蘭の中に全くないものだったから、ただ驚いた。

「私、そんなこと考えたこともなかったわ」

「そうですか……仙界では帳面に書き記さないんですか？」

月季に尋ねられ、紫蘭はギクリとする。

そもそも浮花族では、読み書きは族長とその跡継ぎ以外はしなかった。元々遊牧民で必要最低限の荷だけを持って転々としている浮花族は、口伝を一番大事にしており、記録するという習慣は、族長一家以外根付いていなかったのである。

「……全部口伝だから、読み書きなんてしないもの」

なんとかそう言葉を絞り出すと、月季は「そうですか……」と顎に手を当てて考える素振りをした。やがて、筆を置いた。

「わかりました。僕はこれからも紫蘭に弓矢を習います。お礼に読み書きを教えましょう」

「ちょ、ちょっと……！　私、言ったでしょう？　口伝で全部やり取りするから、読み書きなんて必要ないの……！」

そんなこと言われてもと、必死で抵抗する紫蘭であったが、月季はにこやかに答える。

「もちろん、仙界では必要ないかもわかりませんが、ここは人間界で後宮です。紫蘭も読み書きができたほうが得することが多いと思いますよ。それに僕はいつももらってばかりですから。それではいけないと思います」

「もらってばかりって……私、ただ弓矢を教えているだけよ？」

「いえ。僕は母上が亡くなってからというもの、宦官の皆におんぶに抱っこ状態でした。本当なら僕は、後宮を追い出されて都を徘徊した末に死んでいてもおかしくなかったのに、衣食住に不自由しない上に、読み書きまで教えてもらって。だから、僕は与えられたものを、ちゃんと返したいんです。まずは僕に弓矢を教えてくれる紫蘭に。そう考えるのはおこがましいですか？」

穏やかな口調ながらもしっかりとした月季の考えを聞いて、紫蘭は理解ができずに困り果てた。

そもそも、実の息子を放ったらかしにしている王が一番悪いし、彼の面倒を見ない宮女たちにだって非があるというのに、彼は決して後宮の人々を悪くは言わない。むしろもらったものを返す手段を探している。

（この子……多分前向きなんだわ）

紫蘭にはなかなか考えが及ばない人間だが、月季はおそらくそういう性格なのだろうと紫蘭はどうにか彼の考えを咀嚼する。

そう考えたら、長年の遊牧生活で読み書きの恩恵に与ったことこそないものの、さすがにここまで言ってくれる月季の真摯な想いを、断れなくなった。

「あーあー……わかった。わかったから。なら私は今後もあなたに弓矢を教える。そのお礼として文字の読み書きを教えてちょうだい？」

「わかりました。それでは、よろしくお願いしますね」

そう言って月季が顔を綻ばせるので、紫蘭はもう文句が言えなかった。

弓矢の稽古を引き続き行うものの、相変わらず月季は腕力が足りず、弓を引く動作になかなか慣れない。見かねた紫蘭は、白陽に頼んで木材と縄、短剣を用意してもらうと、木材に刃を当てて、弓を自作しはじめた。

そのあまりにも手慣れた作業に、月季や白陽だけでなく、桂花までが物珍しそうに見にくる。出来上がった弓の弦の張り具合をたしかめると、紫蘭はそれを「はい」と月季に手渡した。

「えっと……弓って自作するものだったんですか？」

「だって、私の弓では、あなたは全然引けないんだもの。だから練習用にもっと弦が柔らかめのものをつくったの。これで引く練習をしてちょうだい。姿勢さえできれば、矢を射ること自体はそこまで難しくないから」

浮花族では、女子供が弓矢の練習をする際、男用に張られた弦では引くのが難しいからと、弓矢の面倒を見ている者が練習用の弓をつくるのが当たり前だった。女子供でも練習しやすいように、弦の張り方を若干緩めて、力のない者でも引きやすくするのがコツだ。

月季はそれを嬉しそうに受け取ると、紫蘭に教わって弓を引く練習をはじめた。矢を番えず、ただ弓を引くだけだから楽だろうと思いがちだが、正しい姿勢で行うと弓を引いているだけで、だんだんと汗が噴き出てくる。

月季が疲れてへとへとになった頃に、仕事をしていた白陽が戻ってきて、ふたりにお茶とお茶請けを出してくれた。お茶請けに出してくれた胡麻団子は揚げたてで中身の餡も包んでいる生地も熱々だが、運動後の空腹時には、口の中を火傷する危険を無視してでも食べたい時がある。それくらい弓は体力を使うのだ。ふたりして楊枝で団子を突き刺して夢中で食べた。

しばらくの休憩のあと、今度は月季の部屋で紫蘭の読み書きの稽古がはじまる。

元々紫蘭は物覚えが悪いほうではないのだが、そもそも文字を書いたことが全くないため、教えられた字をお手本を見ながら書き写すだけで四苦八苦してしまった。

おまけに月季が紫蘭に写すように言ったものは詩歌で、それを写して読み返しても、学のない紫蘭にはなにが言いたいのかさっぱりわからなかった。

「ねえ、私、言葉の意味が全然わからないんだけれど、これを読み書きできるようになって、本当に意味があるの？　だって詩歌ってなんの役にも立たないじゃない」

「そうですか？」

「詩をいっぱい覚えても、意味があるように思えないもの」

紫蘭がそう言って頰を膨らませると、月季は困ったように笑った。

「たしかに詩歌そのものには意味がないかもしれません。ですが、その詩歌の意味を想像できれば、意味が生まれます」

「……それ、どういうこと？」

「詩歌に使われるのは、ただの言葉ではありません。たとえば『花が美しい』という詩があるとします。それはどういう意味だと紫蘭は思いますか？」

「どうって……花が綺麗だったから、綺麗だって詩を詠んだんじゃないの？」

「もちろんその意味もありますが、それを詩にしたためる意味です」

「詩歌自体ではなく、それをしたためる意味……？」

紫蘭はそう言われて、しばらく考える。

族長はいつも父と一緒に玫瑰に出かけて帰ってきた時、なにかを帳面に書いていた。父に族長はなにをやっているのかと尋ねると、「次に都に行く時になにが必要か、なにがいらないかを書き留めているんだ」と教えてくれた。覚えておけばいいだけなのに、何故書いておく必要があるのかと思って更に尋ねたら、父は苦笑していた。

「跡継ぎが都に初めて商売に行く際に、緊張していたら頭が上手く働かず、過不足なしで商売できない。だからあらかじめ、なにが必要でなにがそうでないかを確認できたほうがいいんじゃないか？」

父に言われたことが、紫蘭の頭の中に蘇った。

紫蘭はそれを、月季に伝えてみる。

「……花が綺麗なことを、誰かに教えたいから？」

紫蘭が思いついた言葉に、月季は破顔した。

「はい、その通りです！　あなたは本当に呑み込みが早いですね！　……ああ、第八花仙であるあなたにそういうことを言うのは、失礼でしたね。申し訳ありません」

「いいえ、いいんだけれど……でも花が綺麗だったことを教えるのって、意味があるのかしら？」

「意味がない訳ではないと思いますよ。花が綺麗だったことを伝え、一緒に花を見にいこうと誘うこともできますし、来年もこの花を一緒に見たいと伝えれば求婚の意味にも取れますね。花が咲く季節は決まっていますから、季節の移り変わりを伝えることだってできます。言葉をそのまんまの意味だけに取るのではなく、その言葉を使った真意を探ることもまた、詩歌の醍醐味ですから」

それはなんとなく意味がわかった。

浮花族でも、季節の移り変わりは重要だ。羊が生まれる季節や、羊の毛を刈る季節、羊の肉を捌く季節だって決まっているのだから、花の咲く時期に季節の行事を紐付ければ覚えやすいし、どんな行事なのかを伝えやすい。

そう思い至ったら、紫蘭も真面目に詩歌の書き取りに取り組むことができるようになった。

とはいえ、まだまだ覚えないといけない文字や詩歌はたくさんあり、紫蘭は辟易したが、教えている月季はにこにこしている。

「今日はここまでにしましょう。明日もまた、弓引きのあとに練習しましょう」

「うん……今回はありがとう」

手が墨でべとべとになったが、自分の書いた文字を見る。月季ほど美しい字ではないが、初めて書いたにしては、まずまずな気がする。

紫蘭が書いたものを自室に持ち帰り満足げに眺めていると、「第八花仙様、失礼しまーす」と桂花が食事を運んできた。

「これは？」

「肉餅と、燕の巣のスープです。今日は昼間からずっと月季様と弓の鍛錬をし、夜まで月季様の部屋で文字の読み書きをしてお疲れだと思いまして、疲労回復に効く材料でつくったんですよ」

「へえ……」

麻の実をまとわせた餅の中には肉餡がたっぷりと入っている。スープは燕の巣が浮いていて、見た限りとろみがついていて美味しそうだ。

麻の実をまとった餅自体の美味さもだが、肉餡が絶品であり、食べれば食べるほど旨味が口の中いっぱいに広がる。なによりも必死で詩歌を覚えていたため頭が痛くなっていた紫蘭にとって肉餅は格別に沁みた。

スープも口にしてみると、燕の巣が舌の上でとろけていく。

紫蘭が夢中で食べている間に、隣で桂花がにこにこしながら話す。

「今日は月季様に、文字の読み書きを指南したとお聞きしましたけど」

「え……？」

紫蘭が顔を強張らせて、肉餅をぶすりと箸で刺すと、肉汁がブチュリと皿に漏れる。流れる肉汁がもったいない。紫蘭が顔を引きつらせているのをわかってかわからずか、桂花はいつもの調子でまくし立てる。

「はい、白陽様がおっしゃっていましたよ。元々勉強熱心だった月季様が、第八花仙様に習ってますます勤勉になっていらっしゃると……！」

「えー……」

実際に月季の部屋でふたりで勉強しているものだから、傍から見るとそう思われるのかもしれない。そもそも月季が文字の読み書きを教えると言った時だって、ふたりっきりだったのだから、周りは本当のことを知らない。

紫蘭はひとまずスープを全部飲みきってから言ってみる。

「別に私が勉強を見なくたって、月季は賢いし、私が教える必要なんかないわよ。むしろ仙界の知識だけでやっている私よりもよっぽど物知りで勤勉だもの。月季はもっと認められるべきだと思うわ」

桂花は定期的に宮女たちの詰所に出かけているので、少しでもいいから月季のいい噂を流してもらいたい。

そういう紫蘭の企みがあったのだが、当の桂花はにこにこと笑うばかりだ。

「まあ！　仙界から降臨なさった第八花仙様がそうおっしゃるのなら、きっとそうなんでしょうね！　仙界の勉強をなさっている月季様、すごいです！」

（違う、そうじゃない！　なんて、言えないもんなあ……）

紫蘭は肩を落としてがっかりしたのだった。


昼は月季に弓矢を教え、夕方からは月季に読み書きを教わる。

白陽と桂花に見守られながら、紫蘭と月季の交流は続いていた。

不思議なことに、第八花仙が降臨したにもかかわらず、妃たちが客人用棟を訪ねてくることはなかった。時折棟の前で宦官たちと宮女たちが言い合いをしていることからして、妃たちの訪問を宦官側が断っているらしい。

（これはあれかな。毒殺未遂事件の黒幕が特定できないのを理由に、扶朗が妃側の訪問を断っているのかも。さすがに妃自らが出向いてくるんだったら、断れなかったかもしれないけど、お使いの宮女しか来ないって現状だから断ることができるのかもね）

この辺りの話は、月季の耳に入れたくないのだろう。宮女たちの訪問を断るために花蕾棟の宦官の出入りが、少しばかり増えたような気がする。

妃たちの様子も気がかりだが、今の紫蘭には月季が最優先。

最初は素引きも汗が噴き出るばかりでなかなか成果が上がらなかった月季ではあったが、本当にゆっくりとだが着実に、素引きの速さも力も増し、なにより弓矢を射る姿勢が様になってきた。

同時に紫蘭の読み書きの勉強も順調に進んでいく。

最初は意味がわからず月季に勧められるがままに詩歌を書き写して、月季が読むのに続いて音読していただけの紫蘭だったが、ある日突然、月季の部屋に積んである本の表紙の文字が読めることに気が付いた。

「『百花国民話大全』……？」

紫蘭がなにげなく口にしてみると、月季は「ああ！」とその本を手に取って差し出す。

「この辺りに積んであるのは、百花国の各地方に伝わる民話ですので、仙界の知識のある紫蘭にはつまらないかもしれませんが」

「民話ってなに？」

「伝承と言えばわかりますか？　子供にもわかりやすいように、伝承を嚙み砕いているんですね。よろしかったら読んでみますか？」

「うん」

その日は読み書きの勉強というよりも、月季の部屋での読書会となった。

紫蘭が手に取ったのは、百花国各地に散らばっている花仙の民話であり、その中のひとつは、両親を亡くして困っている青年のもとに八花仙のひとりが降臨し、彼がひとり立ちできるまで見守るというものであった。

まるで紫蘭が月季と引き合わされたのをなぞるような展開に、自分たちの出会いも天命のようだなと思いながらぺらぺらと本を捲っていた。と、頁の間に、薄い冊子が挟まっているのに気付いた。

「……蝶の羽ばたき？」

紫蘭はその冊子の題名をきょとんとした顔で眺めた。

「あー、蝶の羽ばたきは嵐を起こせるか否かという、哲学の話ですね」

「蝶って……小さな虫よねえ？　蝶が一匹飛んでいたところで、嵐なんか起こせるようには思えないんだけれど」

紫蘭が思ったことを口にすると、月季は苦笑しながら「そうかもしれませんね」と答えてから「でも」と続ける。

「川に石を投げれば、石は波紋を起こしますね？」

「まあ……そうね？」

「小さなひとつの石では、小さな波紋が広がってそれまでですが、何個も投げたらどうなるでしょうか？」

「うーん……大きさや数にもよるけれど、波紋がたくさん広がるかもしれないわね？」

「そのたくさんの波紋が、いずれ小舟の流れだって変えてしまうかもしれません」

「えー……」

紫蘭は想像してみる。

浮花族は移動の最中、川を渡ることもある。細い川だったらいざ知らず、向こう岸も見えないようなそれに、石を投げ続けて小舟の流れを変えてしまうという発想が、いまいちピンと来ないのだった。

月季は小さく言う。

「蝶の羽ばたきのように、傍から見ると規模が小さいから放っておいてもかまわない。そう見過ごしてしまうようなことでも、それが大きな流れを決定づけてしまうこともある。大したことがないと侮るなかれ、という教訓ですよ」

紫蘭はそのひと言に、目を瞬かせた。

月季は頭がよ過ぎて、その言葉は紫蘭には上手く呑み込むことができなかったが。

蝶の羽ばたきという愛らしい語感とは裏腹に、底の見えないおそろしさを漂わせるその話を、紫蘭は胸に刻むことにしたのだ。

紫蘭と月季が教え合う交流をはじめてから、ひと月が経とうとする頃。

紫蘭はその日も月季の素引きを見る。弓を引くことすらできなかった最初の頃を思うと姿勢は美しくなり、これならば素引きをやめて矢を番えてもよい頃合いだろう。

ずっと付き合ってきた紫蘭は頷いた。

「多分、明日くらいには立射の練習ができると思う。的を用意するから、それで練習をしてみて」

「はあ……はあ……ほんと……ですかぁ……」

素引きを続けてへとへとになった月季は、息を切らしてへたり込んでいた。

姿勢自体はなんとかなったが、体力がなかなか追いつかないようだ。これは乗馬をしたらどうにかなるだろうか、と紫蘭は考える。

「それにしても月季は体力が全然ないわね。せめてもうちょっと体力をつけないと、矢を射るたびにへたり込んでしまうわ」

「そうですね……とはいえ後宮にはそんなに鍛えられる場所はありません」

「そういえばそうね」

定期的に馬に乗って移動し、草原で生活をしている浮花族と、後宮から一歩も出たことのない王子では、そもそもの体力も日頃の運動量も違う。

もしも後ろ盾のある王子であれば、妃の実家などが屈強な兵士を教師として雇い、充実した場所で稽古を付けられるのだろう。しかし残念ながら、月季の後ろ盾は後宮の管理をしている宦官たちだけだ。そんな充実した稽古は期待できない。

「うーん、なんとかできないか考えてみるわ」

そう言って今日の弓矢の稽古を終えようとした時。

「第八花仙様」

紫蘭に声をかけてきた者がいた。白陽と似たような格好をしているところからして、宦官だろう。

花蕾棟には、基本的に紫蘭と月季以外には、ふたりの世話を任されている白陽と桂花、あとはわずかばかりの使用人たち以外ほぼ人が来ない。妃の使いらしい宮女たちは、白陽に追い返されているため、遠くからしか見たことがない。

だからこそ、白陽に止められることなくやってきた来訪者が珍しかった。

紫蘭は怪訝な顔で、その宦官に視線を向ける。

「誰？　私になんの用？」

「失礼します。自分は宦官詰所からの使いなのですが……扶朗様が、第八花仙様をお呼びです」

「扶朗が？」

後宮に来た初日に会って以来、紫蘭は彼に一度も会っていない。

（てっきり私のことを白陽に押し付けたとばかり思っていた……ここに来てひと月は経つのに今まで放ったらかしにしておいて、なにを考えているんだろう、あの人）

紫蘭は扶朗の美しい容姿と、初日の人を食ったような物言いを思い出して、げんなりとした。

頭がいい人ならではの言動は月季と似たようなものだが、月季は人を利用しようとしたりはしない。しかし扶朗の言動には人を操ろうとする意図が見え隠れするから、紫蘭からしてみれば胡散臭いことこの上なかった。

月季は宦官のほうを見てから「紫蘭」と穏やかに言う。

「扶朗が呼んでいるみたいですから、行ってあげてください」

「ええ……まあ、呼ばれたら行くけれど」

「もしかして、紫蘭は扶朗が苦手ですか？」

そう尋ねられ、紫蘭はギクリとする。図星なのだから。紫蘭は明後日の方向を見てから、頷いた。

「……なにを考えているのかわからない人間だから、私は苦手」

紫蘭の返答に、月季は困ったように笑った。

「ああ。彼はなかなか真意を見せませんからね。ですけど、彼はいい人ですよ。本気でこの国と後宮のことを憂いている人ですから。正直彼は後宮の管理を任せているだけではもったいないくらいです。あまり嫌わないであげてくださいね」

月季に「いい人」と太鼓判を押された扶朗の言動を思い返して、紫蘭は更に渋い顔になる。

（まさかと思うけど、月季の前ではおべんちゃらで誤魔化してるのかな、あの人……でも月季も悪意にさらされ続けてきた訳だから、見え透いたお世辞だったら信用しない気もするし……でも、月季の言うほどいい人か、あの人は……？）

穏やかで誠実な物言いの月季の言葉をもってしても、いまいち信じられないが、呼び出された以上は顔を出すべきだろう。

そもそも紫蘭のことを第八花仙と呼んで、後宮に招き入れたのは扶朗だ。今さら「お前はやっぱり偽者だな!?」と言いがかりを付けて追い出すような真似はしないだろうと思い直す。

「わかった。それじゃあ案内して」

「わかりました。殿下、第八花仙様をお連れしますね」

「はい、扶朗にもどうぞよろしくお伝えください」

こうして紫蘭は月季に見送られ、宦官について出かけることにした。

花蕾棟を出て、長い廊下を歩く。しばらくしたら、宦官の詰所が見えてきた。歩きながら宦官詰所の様子を眺める。

前回はいきなり捕まって、宦官たちからさんざん取り調べを受けたものだから、それどころではなかった。しかし客人として滞在している現在は、その光景をつぶさに観察することができた。

詰所に配置された執務室のひとつひとつの扉が開け放たれていて、廊下から雑然とした部屋の中を見ることができる。どこもかしこも竹簡や巻物、冊子などがうず高く積まれてバタバタと宦官たちが出入りしている。

「この案件は？」

「あれは朱妃様のだ。お茶会の準備だと……」

「どこから予算を引っ張り出してくるんだ。客人は？」

「外から……あと殿下が……」

「陛下は？」

「今は戦の真っ最中だと」

最初に赴いた時も慌ただしい雰囲気だった宦官詰所は、今日も多くの人が出入りしている。桂花から聞いたことのある用語も飛び交っているが、今の紫蘭にはたとえ全容を盗み聞きできたとしても、理解できない言葉のほうが多い。

紫蘭は廊下を歩きながら、なにげなく聞いてみる。

「扶朗はいったい私になんの用なの？　わざわざ私に割く暇がなかったくらい忙しいんでしょ？」

「はい、むしろ申し訳なく思っていらっしゃいますよ、第八花仙様を放置していたことを。最近は月季殿下と仲良くしていらっしゃると、白陽から聞き及んでおりますが、なにかご不便はなかったでしょうか？」

どうも宦官たちが月季の味方だというのは本当のようだ。紫蘭はそう考えながら、今までの生活を振り返る。

「それは全然ないけれど。白陽も、宮女の詰所から派遣された桂花もよくしてくれているし、月季はしゃべっていても楽しいから」

「それはなによりです……あちらが宦官長の執務室になります」

そう言って宦官が案内してくれたのは、詰所の中でほぼ唯一分厚い扉が閉め切られている部屋だった。そこに向かって宦官が声をかける。

「扶朗様！　第八花仙様をお連れいたしました！」

「ご苦労、入れ」

「はっ！　失礼します。どうぞ、第八花仙様」

紫蘭は促されるまま、重い扉を開けて中に入った。

宦官長の執務室は、他の部屋ほど本も巻物も竹簡も積まれてはいないようだったが、大きな机の上には紙と硯、筆が何本も置かれている。先程見た部屋にあれほどの量の書類が積まれているのだから、宦官長である扶朗はきっと日頃から多くの書類に目を通し、時には自ら書類を書くこともあるのだろうと察することができた。現に今も室内には墨の匂いが漂っている。

そんな執務席に座ってなにやら書き物をしていたらしい扶朗は、硯に筆を置いて、書き物を机の端へと寄せていた。

扶朗はにこやかに笑いながら「ご苦労、もういいよ」と紫蘭を連れてきた宦官に言うと、彼は「失礼しました！」と言ってさっさと業務に戻っていった。

扶朗は執務席に向かい合うように置かれた椅子に視線を向けると、「よければどうぞ」と紫蘭に座るように勧める。紫蘭は座るべきか座らぬべきか悩んでから、とりあえず疑問を口に出してみることにした。

「……今まで放ったらかしにしておいて、今更なんの用？」

「おやおやおや？　第八花仙様は私と会えずに寂しかったと？」

そう言って極上の笑みを浮かべる扶朗に、紫蘭は頬を引きつらせる。

その男とも女ともわからぬ美しい相貌は、桂花あたりならば黄色い声を上げているだろうが、浮花族の勇ましい男たちに囲まれて育った紫蘭の心を捉えることはなかった。

「……そんな訳ないでしょ」

「そりゃ残念。まあ冗談はさておいて。どうでしたか？　このひと月は」

「……白陽はあなたに報告してないの？」

「あなたの言葉を直に聞きたいと思いましてね」

にこやかな表情で手を組む扶朗を、紫蘭は半眼で眺めたあと、椅子に座ると口を開いた。

「……まあ、快適だった。宮女長も私の面倒を見てくれる宮女を派遣してくれたし、白陽も面倒を見てくれたから」

「ほう……それはなによりです。さて」

ふいに扶朗の声色が変わった。あまりにも人を取って食ったような口調から一転、静かな物言いに。それに紫蘭は足を突っ張らせる。扶朗は続ける。

「客人用の棟にご案内して、ご満足いただけましたかな？　朽葉族のお、お、お嬢さん」

その冷ややかな物言いに、紫蘭は立ち上がってバンッと机を叩く。硯が少し揺れて中に溜まった墨がピチャンと撥ねたが、どちらもそれを気にすることはない。

「その言葉、今すぐ撤回して。私たちは浮花族であって、朽葉族なんかじゃない」

「……やはり、あなたは浮花族のお嬢さんだったみたいですね」

そこでようやく紫蘭は、扶朗の口車に乗せられて、自白してしまったことに気付く。

(しまった……でも、どうして今まで私を泳がせていたの？　石蒜に毒を盛るようにそそのかした人間を見つけるための囮？)

紫蘭は唇を噛んでから、気を取り直して尋ねる。

「……私を第八花仙なんて言い出したのはあなたでしょう？　私を利用しようとしたのだって、あなたが先なのに、いったいどういうこと？」

「いいえ、あなたの格好の矛盾に興味を持ちまして、しばらく泳がせていました。本来うちの国は花仙信仰が厚いですからね、第八花仙だと触れ回っておけば、下手にあなたに近付く人間はいないだろうという計算もありました」

「矛盾……？」

扶朗に言われて、紫蘭は思わず自分の服装を見る。桂花が気を遣って、紫蘭が普段着ている浮花族のような着物ばかり用意してくれているが、今日は初日に着ていた着物を着ている。祖母が織った毛の着物だ。

扶朗は、紫蘭の着物の模様を指差して言う。

「私の記憶によれば、異民族に花仙信仰は根づいていません。ですが、あなたのその着物、明らかに浮花族の特徴の毛の織物にもかかわらず、第八花仙信仰の特徴の模様が織り込まれているんですが、それはどういった了見ですか？」

「あ……」

　基本的に浮花族に、花仙信仰はほぼない。だが第八花仙だけは、浮花族の恩人ということで祀っていた。紫蘭が普段から着ている着物の裾にも、彼女の名の由来でもある第八花仙を表す紫蘭の花の模様が織り込まれていたのだ。

　花仙信仰の強い場所では、それぞれの花仙を表す花を着物の模様にしたり花そのものを愛でたりするが、遊牧民である浮花族は、特定の植物の模様を布に織り込む風習はほぼない。いかに第八花仙が特別な存在なのかがよくわかる。

（そっか……ここは第八花仙が調停を行う前の世界。百年前、まだ浮花族は都だと蔑称で呼ばれているくらいだから、第八花仙を祀る文化だってある訳ないか）

　そう納得はできたものの、初日にわずかな時間しか行動を共にしていない扶朗がひと目見ただけで気付くというのは、おそろしいものがある。

「どうして一発でわかったの？　他の人たちは……あの物知りの月季すら気付かなかったのに」

「なにぶん、宦官としてここに収まるまでにはいろいろ経験していますからね。ここにいる知識がある人間でも、書物にはほとんど書かれていない遊牧民のことまでは知らないでしょう。知識があっても経験がなければ推測はできないでしょうな。花仙信仰の深い人間ならばおかしいと気付いたでしょうが、よくも悪くも現在の後宮にはそこまで熱心な信者はいませんよ。それでも、あなたが第八花仙だと触れ回れば腫れ物のように扱うような人間ばかりがいる訳ですけど。月季様も知識こそありますが、経験が足りませんしね。あなたの着物の矛盾に気付いたとしても、新たに信仰するようになったと言ってしまえば誤魔化しが利いてしまいますよ」

紫蘭の問いに、扶朗は形のいい唇でぺらぺらと持論を述べる。彼の長々しい説明に、紫蘭は口の端が引きつるのを感じながら頷いた。

「そんなものなの……」

「で、その浮花族のあなたは、後宮の中でなにをなさりたいので？　もし王太子殿下や妃様に危害を加えようとするなら、いつでも後宮外に連行する用意はしていましたけど、白陽からの報告では、その気配もありませんでしたし」

「だから！　あなたでしょう、私をそもそも第八花仙呼ばわりしたのは!?」

「むしろ感謝して欲しいくらいですな。私の命令ひとつであなたは後宮から追放されるか、下手をすれば五体いずれかに不備が生じていたでしょうね。ですが、少なくとも今も五体満足ですよね。もし最初に見つけたのが他の妃様たちでしたら、胴と首が繋がったまま後宮を出られた保証はどこにもありませんでしたしなあ」

「……っ」

紫蘭は扶朗の言葉に、しばし考える。

（この人……なに考えているんだろう。私が第八花仙じゃないとわかっていながらも、監視を付けた上で泳がせていたって。しかも保護している月季の近くに。頭がよ過ぎる人間ってなにを考えてるのかさっぱりわからない。まだ月季のほうがわかりやすかったかもしれない）

やがて、紫蘭はひとつの賭けに出ることにした。

「私は……正しい歴史に戻したいだけ。このままだと、間違った歴史に進むから。そうなると私が……ううん。浮花族が困るから、間違った歴史を正したいの」

「ふむ？」

扶朗は目を光らせて紫蘭を見た。彼が紫蘭の言葉を信じているのかどうかは、彼女にもわからない。ただ話を遮られていないのだから、続けても大丈夫だろうと判断し、言葉を続けた。

「私が知っている歴史では、百花国の王になるのは月季。賢王月季と言えば、この国で知らない人間がいないほどに、歴史に残る王になる。でも……現状だと王太子は石蒜で、このままだとどう足掻いても月季に王位は回ってこないんでしょう？　それでは浮花族がどうなるのかわからないから困るの」

「ふむ……歴史が違う……ですか。あなたの着物がおかしいのは、もしかして未来から来たから……そういうことですかな？」

「……っ！　ええ！」

紫蘭の力強い肯定の言葉を聞いて、扶朗は考え込むようにして目を伏せる。紫蘭は彼を凝視する。やがて、彼は口を開いた。

「ちなみに証拠はございますか？」

「そんなの……なにもないわ。私の着物の模様に疑問を持ったあなたにじゃなかったら、私だってこんな話はしなかった」

「となったら、あなたの事情を知るのは、現状では私だけですか……わかりました。聞かなかったことにしましょう」

そうきっぱりと言い切った扶朗に、紫蘭は目を吊り上げた。

（もうなんなの！　人のことを勝手に第八花仙に祀り上げたと思ったら、事情を話した途端に聞かなかったことにするって！）

「ちょっと……今の話を、なかったことにするって言うの？」

「違いますよ。この話はこの場限りの話で、この部屋でのみ話すことと致しましょう。何分、他の場所だと誰が監視をしているかわかったもんじゃありませんしね」

扶朗はそう言って立ち上がると、窓際に立った。紫蘭は怪訝な顔をして彼の視線を追う。彼の視線の先では、後宮の使用人たちが庭木の世話をしているのが見えた。

「現在、この国はまずい状態になっているというのはご存じで？」

使用人たちが仕事をしている様は、平和な日常の光景にも見える。

紫蘭も花蕾棟でさらりと戦の話を聞いた。思えば桂花も誰も立ち聞きしていないか確認した上で教えてくれた。見えないなにかに、誰もが脅えているように、紫蘭には感じられた。

「それは桂花……私の面倒を見てくれている宮女から聞いた。あちこちで戦ばかりしていると」

「ええ。あまりにもこの国で戦ばかり続くので不満が爆発しましてね。後宮に出入りする兵士や宦官、宮女たちが義憤に駆られ、反乱を起こして妃様たちを人質に朝廷に戦をやめさせようとしたこともありました」

「それは……初めて聞いた」

紫蘭が兵士を見たのは、ここに来た初日、毒を盛った宮女を連行していった時だけである。その者たちは暗殺者から妃やその子の命を守ろうとしていたように見えたのに、妃たちを人質に取ろうとした者たちがいたなんて。

扶朗は自嘲の笑みを浮かべながら続ける。

「あまりいい話ではありませんから、事件以降に入ってきた年若い宮女には知らされてないかと思いますよ。妃様たちは、どの方も軍に意見を言える家柄でしたしね。彼女たちの誰かひとりでも人質に取れれば戦を止められると思ったのでしょう」

扶朗は一度言葉を切ってから、目を伏せる。

「しかし、妃様も含めて、全員見捨てられました。朝廷は不穏分子は皆殺せ、と。あの時死んだのは、千人は下りません」

その残忍な内容に紫蘭は絶句した。この国があまりにも好戦的な方向に傾き過ぎているとは聞いていたが。そのことを諌めようとした結果、千人もの屍が積まれたなんて。こんなことをしれっと言われて、言葉が出る訳がない。

扶朗は感情のこもっていない口調で、淡々と続ける。

「正直、現状の後宮はなにかあったら簡単に人の首が飛びかねないという、極めてぎりぎりの均衡で成立しています。更に、現在後宮にいる妃の半分が、後ろ盾が好戦家の家系で、民の不満も溜まっているんです。誰も表立って口にはしないだけで、わかっているんですよ。妃たちは人形遣い、王は人形だと。この国の王族はこの何代もの間、人形遣いと人形の顔ぶれが変わっているだけで、あの大量虐殺が行われた頃からなにも変わっていないんですよ」

その言葉に、紫蘭は眉根を寄せる。

桂花も言っていた話だ。この国は傀儡政権なのだと。その歪さが、この国をおかしくしているのだと。

「……ひとつ聞いていい？　あなたが月季の後ろ盾になっているのは、どういう意味で？」

「……残念ながら、我々宦官には、後宮の管理以外の権限はありません。我々が国のためにできることがあるとすれば、せいぜい後ろ盾のいない王子や妃を保護して、ほんの少しだけでも彼らの思想を変えることくらいです。そして願わくば……まあ、最終的な目的は第八花仙様と変わりませんね」

　そう言ってにこやかに扶朗は笑った。

　一方の紫蘭はダラダラと冷や汗をかく。

（要はあれよね。今いる妃たちの後ろ盾には、軍の関係者たちがいる手前、付け入る隙がないからこそ、後ろ盾のいない月季を保護して、あわよくば彼を王にしようと……つまり月季を利用しようとしている。月季を王に、という考えだけは一致しているけど。扶朗を信用していいの？　だって、これって妃たちが自分たちにとって都合のいい王子を王に据えたいっていうのとなにが違うの？　でも、扶朗がなにか企んでいるなら、月季を玉座に就けたいって、わざわざ私に明かす必要はないんじゃ……）

　そこで紫蘭が思い出したのは、宦官詰所に来る前に聞いた月季の言葉だった。

『彼はいい人ですよ。本気でこの国と後宮のことを憂いている人ですから』

　彼のあの言葉は、扶朗に洗脳されて出てきた言葉なのか。それとも本心からそう思っているのか。月季は地頭がいい。おまけに彼自身も、悪意にさらされて母に先立たれている。下手な誤魔化しやお世辞で「いい人」と言うとは考えにくかった。紫蘭はぐるぐると頭を悩ませて考えた末、言葉を口にする。

「……あなたは、今の王太子の石蒜についてどう思っているの？」

それは一種の賭けだった。後宮の勢力図を把握している人間から、先日暗殺されかけた彼がどう見えているのか、聞いてみたかった。

扶朗は紫蘭から目を逸らすことなく、淡々と答えた。

「彼が王に就いたら最後、どう転んでも百花国は傾くと思います。彼自身は悪い人間ではありませんが、彼の後ろ盾はお世辞にもこの国のためになる行動を取るとは思えません」

これで紫蘭にも理解ができた。どうして宦官たちが、妃のお使いの宮女を追い返していたのか。第八花仙に挨拶するという名目で、花蕾棟に介入してくるのを防いだのだろう。

「……そう。あとひとつだけ。あなたは浮花族について、どう思っているの？」

一番肝心な話であった。

紫蘭がどうしても月季を王にしたい理由は、浮花族を守るため。

扶朗の目的と違う場合、彼とはいずれ敵対するかもしれないという危惧があったが、彼はあっさりと言った。

「我らにとっては異民族になりますが、わざわざ敵対したいとも思っていません。ただでさえ現状、無駄な戦が多過ぎるんです。朝廷は他国との貿易のためという大義名分を掲げて異民族狩りを続けています。しかし、今の異民族狩りが続けば、いずれは痛いしっぺ返しを食らうでしょうね」

「わかった」

紫蘭にとって、ここまで聞ければ十分だった。

「細かい事情はわからないけど、一応あなたを信じることにする」

「そりゃまあ、どうも。それで、そもそもあなたの本当のお名前は？」

「紫蘭」

「ほう？　第八花仙の名前じゃないですか」

「知らない、私の名前を付けたのはおばあちゃんなんだから。おばあちゃん、第八花仙贔屓なのよ」

紫蘭がむくれたようにそう言うと、なにが面白かったのか、扶朗は袖で口元を押さえて笑い出してしまった。ますます紫蘭は頬を膨らませるが、ひとつ彼に頼みたいことがあったのを思い出した。

「あと、あなたを信じるついでにひとつ頼みたいことがあるんだけれど」

「なんですか？　私にできる範囲、でしたら協力しますが」

　紫蘭は月季の鍛錬のことを思いながら、願いを口にしてみる。

「馬を二頭、あと後宮からの外出許可をちょうだい。ここからどうやって出ればいいのかわからないし、月季に乗馬の訓練をさせたいんだけど、後宮内だと狭過ぎるし、大した訓練にはならないから」

　紫蘭の提案に、一瞬扶朗は目を丸くしたあと、またも背中を丸めて笑い出してしまった。彼の反応に紫蘭は一瞬虚を突かれたが、すぐにむっとして口を開いた。

「ちょっと……なんでいきなり笑い出すの……！」

「いや……本当に面白いと思っただけですよ。それではわかりました、紫蘭。早速ですが明日、馬で出かけられるように手配しておきましょう」

「ありがとう……！」

「まあ、我々は一蓮托生の身ですから。もし下手を打ったら共に首と胴体がお別れすることを、くれぐれもお忘れなく」

　扶朗の言葉に、紫蘭は今度こそ本当に思いっきりむくれた顔をする。

「わかってるわ。でもあなた、もうちょっと直接的な言い方できないの？　こう、婉曲的過ぎるというか」

「いやあ、申し訳ありません。ここでは下手にわかりやすく本音を漏らせば、どんな風に使われるかわかりませんから、直接的な物言いをする習慣がないんですよ。そう考えると、紫蘭の立場が羨ましくもありますな」

（ちょっと見直したと思ったら、すぐそういう胡散臭いこと言うから……！）

なにはともあれ、紫蘭は扶朗に挨拶をしてから、ようやく宦官詰所を後にした。

少しだけ足取りが軽い。

今までは訳がわからないまま、ずっと嘘をつき続けていた。だからたったひとりだけとはいえ、嘘をつかなくてもいい相手ができて気が楽になったのだ。

（相変わらず胡散臭い言動が気になるとはいえ、少なくとも扶朗は月季の味方ってことで間違いないみたい。できることとできないことはあるみたいだけど、外乗も棟にずっと籠もっているよりはましでしょう）

元気に花蕾棟に帰ると、中庭で月季が弓を大きく引いているのが見えた。まだ素引きではあるが本当に姿勢がいい。鍛錬の成果が出たのだ。

紫蘭はふっと笑ってから「月季」と声をかけた。月季は振り返るとぱっと笑顔を見せる。

「お帰りなさい。扶朗との話はいかがでしたか？」

そう尋ねられ、紫蘭はにこりと笑って答えた。

「明日、扶朗が馬での外出許可を出してくれるって！　月季は全体的に体力がないから、できれば乗馬をして体力を付けられたらと思ったんだけど、どう？」

静かに読書するのが好きな少年だから、もしかしたら嫌がるかもしれない。紫蘭は一瞬そう思ったものの、逆に月季の目は輝いていた。

「すごい……！　僕も外に出てみたかったんです……！」

「……今まで、本当に後宮から出たことはなくって？」

「ありませんね。父上も僕にあまり興味がないみたいですし、他の妃も興味がないから、後宮内では僕のことを放っておいてくれますが。僕ひとりでは護衛なしに外には出られません。でも今は、紫蘭がいますから」

そういえば、月季は花蕾棟に放ったらかしにされるほど、王にも妃たちにも興味を持たれていない。だから後宮にいる分には暗殺の心配もなく問題ないものの、さすがに外に出るとなったら護衛が必要だろう。

(扶朗……まさかと思うけど、私を月季の護衛にするために利用したんじゃないでしょうね……？)

一瞬その疑惑が浮かんだものの、紫蘭はすぐにその考えを首を振って追い払った。どちらにしても利害が一致している以上、ここは乗っておいたほうが得だろうと考えたのだ。

「外乗すれば、月季もちょっと体力が付くだろうし、弓引きをしてもそこまで体力を消耗することがなくなると思う」

「そうですね……はい、楽しみにしています」

子供のような顔で無邪気に笑う月季を見ながら、紫蘭はそっと息を吐いた。

彼は後宮以外の世界を、本で読んだ知識でしか知らない。それでもこんなに聡明なら外で経験を積んだらどうなるのだろう。それは彼女にもわからなかったが、楽しみでもあった。

ただ気がかりなのは、紫蘭もこの時代の後宮の外がどうなっているのか知らないということ。今回の外乗は月季のためではあるが、同時に紫蘭自身のためでもあった。なぜならその名目がなかったら、彼女も百年前の百花国の現状を知ることはできないのだ。

紫蘭は自室に戻ると、桂花に声をかける。

「私、明日月季と一緒に外乗に行こうと思うの。出先で昼食を食べたいから、なにか包んでもらえる？」

「ええ……！　第八花仙様、月季様と逢引ですか？」

桂花の素っ頓狂な物言いに、紫蘭はずっこける。

「ただの体力づくりだけど」

「ええ……そうですか。でもわかりました。それではおふたりのために腕によりをかけてお弁当をつくりますので、お持ちくださいね」

彼女が頼もしく腕まくりをしてくれたのに、紫蘭は「ありがとう」とお礼を言った。


次の日、後宮の北の端にある厩舎に、紫蘭と月季はいた。白陽が案内してくれたのだ。賢そうな馬の頭を撫でながら、紫蘭は月季を振り返る。

「でもここ、こんな立派な厩舎があるなんて。外乗をする人っているの？」

妃たちの中には軍人家系の者たちもいるから、外乗の趣味がある者がいてもおかしくはないが、後宮としてその趣味は看過できるんだろうかという疑問が生じる。

月季は馬の毛並みをくすぐりながら答えた。

「基本的に妃や年季の明けてない宮女が後宮を離れることは禁じられていますが、元服を済ませていない王子や歴代の王の中には、ここに渡りのあった時に外乗に出られる方もいたそうです。普段は、兵の詰所にある厩舎に馬たちはいます。ここの厩舎が使われるのは、本当に久しぶりでしょうね」

「なるほどねえ。月季は馬はどう？」

馬は人を見ている。怖がった素振りを見せれば途端に舐めてかかって、人間をなかなか乗せたがらないものだが、先程から月季はくりくりとした瞳を馬の目と合わせて、そのふさふさとした毛並みに手を這わせている。

「賢そうな子ですね。読んで知るのと実際に見るのとでは、本当に大違いですね。馬がこんなに温かい生き物とは思っていませんでした」

月季の明るい声に、紫蘭はほっと息を吐く。この態度ならば、馬に舐められることもなく、きちんと乗りこなせるだろう。紫蘭は馬具の付け方と乗り方を教えると、白陽に挨拶をする。

「それじゃあ、行ってくるから。日が落ちるまでには帰ってくる」

「お気を付けくださいね」

紫蘭は馬に乗り、月季が乗るのを見守る。月季が思っていたよりもきちんと乗れているのを見て、弓矢よりも乗馬のほうが素質があったのだろうと察する。

白陽はふたりを交互に眺めてから、小さく言う。

「あと……今日は出兵があるとのことですから、不審者扱いされぬよう気を付けてくださいね」

「出兵？」

穏やかな表情を浮かべていた月季が表情を引き締めた。紫蘭も扶朗の指摘を思い出して、顔を曇らせた。無駄な戦が多いという話をしていたが、なにもそんな日を選んで外出許可を出す必要があるのか。

「そんなの、聞いてないけど」

「ええ……自分も扶朗様にそんな日に許可を出さなくてもよろしいのではないかと、反対したんですけど……」

白陽の割り切れない口調を、月季が穏やかな声で遮る。

「扶朗と白陽、それぞれのお気遣いに感謝します。いってまいります。それじゃあ、行きましょう紫蘭」

「うん」

こうして、ふたりは馬を走らせて後宮を後にした。

後宮の北門から出ると、そこから先は見張りの兵以外はほぼいない。既に扶朗が根回しをしていたのか、会釈だけですぐに出してもらえた。

元々紫蘭は、浮花族の、乗馬を習いたての子供たちと一緒に走っていた身だ。今日は初心者の月季に合わせ、速さは抑えて走っていた。

馬を走らせながら、紫蘭は首を傾げる。

「それにしても、どうして出兵の日に扶朗は月季を外に出したんだろう。他の日でもよかったのに」

紫蘭の言葉に、月季は穏やかな口調で言う。初の騎乗だと、馬にしがみついてしゃべる暇もないことがほとんどだが、月季はゆっくりとはいえ馬を走らせながらしゃべれる程度には余裕があるようだった。

「僕は後宮以外の場所をほぼ知りませんし、紫蘭は仙界以外の状況を知りませんね？」

「え、ええ……そうね」

正確には紫蘭は百年後の草原しか知らないのだが、それはあまりに蛇足なので黙っておく。月季は馬を走らせながら、遠くを見た。

「僕は外のことをなにひとつ知りませんから、扶朗はこの機会に出兵も含めて外を見てこいと言っているんでしょうね」

「そう」

（扶朗のことだから、第八花仙様に言われたって大義名分を得たから、こうやって堂々と外に出したんだわ……他の妃たちに伝わっても反発されないように理由が必要だったんだろうけど……でも、どうして今出したんだろう）

考えてみたが、紫蘭には扶朗の意図が読めなかった。月季が外の世界を見るのはかまわない。紫蘭もこの時代の百花国の様子を全く知らないのだから見られるのはありがたいが、月季にわざわざ出兵の様子を見せるのには、どんな意味があるのかがわからない。

事前に白陽に教えられた通りの道を進んでいると、やがて、視界が拓けてきた。草原に出たのだ。

紫蘭は月季を振り返るが、彼がちっとも疲れた素振りを見せないことに素直に感嘆する。馬に乗り慣れていない人間だと、馬に舐められて途中で落馬したり、普段使わない筋肉を使っていることで疲弊したりしてしまうのだが。素引きではあれだけ頼りなかった月季が、背筋をピンと伸ばしたまま馬に乗っている。

「すごいね、月季。体力づくりに乗馬を勧めたのは私だけど、最初は少し乗れたらそれで十分くらいにしか思ってなかったのに。しっかりと乗れている」

「いえ。馬が僕に合わせてくれているんだと思います」

そう言って月季は笑う。実際に最初に頭を撫でてからずっと、馬は月季に寄り添っている。彼を友として主として認めているのだ。馬がこれだけ従順なら、外乗もつらくはないだろうと紫蘭はほっとする。

ふたりでしばらく草原を走り回ったあと、馬を下りる。

休憩することにして、草原に腰を下ろすと桂花のつくってくれたちまきを食べて水筒の水を飲んだ。

むっちりと蒸し上がったもち米は食べ応えがあり、甘辛い味付けのしいたけと豚肉、たけのこは、汗を流したあとに程よく塩分が摂れてちょうどよかった。そして水筒の水もおいしく感じられるのは、久々に汗を流すほどに馬を走らせたからだろう。

　月季は笑顔で言う。

「それにしても、紫蘭はさすがですね」

「なにが？」

「最初、あなたを見た時、不思議だったんですよ。あなたは花仙のはずなのに、僕たちとそんなに変わらないように見えましたから」

　紫蘭はギクリとして、それが表情に出そうになるのを、ちまきを口に放り込んで咀嚼するのに集中することでやり過ごす。月季はしみじみとした調子で「ですけど」と続ける。

「あなたの馬を走らせる姿は凛々しくて、たしかに花仙なんだなと思いました。本当にすみません。これからもどうぞよろしくお願いしますね」

　そう言って頭を下げる月季。紫蘭はなんとも言えない顔で彼のつむじを眺めていた。

（これくらい、浮花族の人間だったら普通のことなのに。それとも月季は本当に本の中のこと以外なにも知らないから、初めて見るもの全てが衝撃的でなんでも信じてしまうっていうことなの？　なんだかそれは、間違っているような気がする……）

　紫蘭は胸にしこりが残るのを感じながらも「ほら、さっさと食べちゃって。もうちょっとしたら、どこかに的を用意して、弓の練習もしましょう」と言う。

ふたりが食事休憩を終えた時、ふいに紫蘭は地鳴りを感じた。

「なに？」

「紫蘭？」

「かなりの馬の足音が聞こえるんだけれど……」

「僕には聞こえませんし、見えませんけど……」

月季は困った顔をするものの、紫蘭は地面に耳をつけて確認する。

元々遊牧民として草原を転々としている浮花族は、常に有事に備えているため耳がいいという特徴がある。紫蘭は足音の数と方角を確認して、月季にも伏せるように指示を出し、繋いでいた馬も座らせて長く伸びた草で見えないようにしてから、その方角を窺った。

すると、鎧を纏った兵たちが、玫瑰の方角に向かって戻ってくるのが確認できた。遠目から見ても統制がとれておらず、かなりくたびれて見える。

「なんか……疲れているみたいに見えるけど……」

「聞き及んではいましたが、ここまでひどいとは……」

月季が顔を曇らせるのに、紫蘭は不安になって聞いてみる。

「月季はあの人たちがどこになにをしに行っていたのかわかるの？」

「僕も扶朗から少しだけしか聞いていませんが。おそらくあの方々は異民族狩りの遠征に出ていたのだと思われます」

　途端に紫蘭の胸が痛む。紫蘭が後宮にいるのだって、全ては浮花族のためなのだから、この時代の浮花族の様子が気になった。

「異民族狩りって……どんな人たちが襲われているの？」

「紫蘭はどこが襲われているのか知らないいんですか？」

　逆に月季に尋ねられてしまい、紫蘭は押し黙る。

「どんな名前の人たちが襲われているのかまでは知らない」

　そうとぼけて怪しまれないだろうかと思ったものの、月季は「仙界からだとそうなのかもしれませんね」と逆に納得してくれた。そして茂みの中から石を拾うと、草木の生えていない場所を見つけ出し、そこに絵を描きはじめた。

　大きな円の上に小さな円が何個も並んでいる。

「僕も聞いた話だけなので、詳しくはありませんが。この大きな円が百花国です」

「うん」

「そして、この小さな円が全部、百花国の北方に住んでいる異民族です。遊牧民族や騎馬民族など、移動しながら暮らしている方々ですね」

「……こんなに、たくさん？」

　紫蘭の生まれた時代にも、浮花族以外の遊牧民や騎馬民は存在しているが、月季が描き出した円の数ほどはいなかったはずだ。月季は頷く。

「遊牧民も騎馬民も干渉し過ぎない限りは、互いを攻撃しません。わざわざ天幕を張った場所で争いを起こしたがりませんから。ですが、現状の百花国の上層部の考えは違います。彼らが移動しながら生活している土地が欲しいので、異民族同士の争いを仲裁するという、実際はありもしない大義名分をつくって彼らを討伐し、土地を独占しようとしているんです」

「そんな……遊牧民は土地を移動しているだけで、誰の土地でもないじゃない。ただこの土地が欲しいからどいて、じゃ駄目なの？」

住んでいる人々が諍いがないように互いに距離を空けて生活できているなら、可能なはずだ。少なくとも紫蘭が知っている限り、浮花族が自主的に異民族を攻撃した例は存在しない。月季は軽く首を振る。

「そうできたらいいんですけどね。遊牧民や騎馬民は馬や羊に与える草が欲しいので、その草を取り上げられてしまったら生活が成り立ちません。だから百花国は異民族狩りをし、異民族はそれに抵抗しています……はっきり言って、この戦は無駄だと僕は思います」

「……無駄？」

「私利私欲のために、考えなしに侵略を進めても、反感を食らうだけで根本的な解決になりません。あの方々は、上層部のそんな無駄な考えにずっと付き合っているんですよ」

そう言って月季は玫瑰へと戻っていく兵士たちを見送る。その顔は悔しそうに見えた。それを見て紫蘭は頷く。

「今襲われているのがどこなのかはわからないけど……ずっと戦を仕掛けてくる国なんか好きになれる訳ないよね」

「……紫蘭だったら、もしずっと国から追われ続けたらどうしますか？」

「負けないようにする。少なくともあの人たちはぼろぼろになっている。それは勝ちではないと思う」

紫蘭は日頃から、羊を襲いにくる狼や羊泥棒と戦う時、狼や羊泥棒に力で勝てなくてもいいから、馬や羊を守るようにしろと教わっている。彼らを追い払うことができれば、それでもう負けたことにはならない。浮花族の足である馬が死んだら移動ができなくなってしまうし、衣類にも食料にもなる羊がいなくなったら死活問題なのだから、彼らに勝たなくてもいいから、守らないといけないものを守り通さなければいけないのだ。

少なくとも今の百花国の上層部は、利益に目が眩んで、手足として動いている兵士をないがしろにしているように、紫蘭には見えた。

月季は彼女の言葉を黙って聞いた上で、小さく言った。

「……そうですね」

軍が帰ったのを確認してから、隠していた馬に乗ってふたりも後宮へと帰ることにした。もう弓の練習をする気力はなくなっていた。紫蘭はチリチリと胸が痛むのを感じていた。

いつ襲われるかもしれない恐怖。いつ日常が奪われるかわからない不安。

それはのどかだった紫蘭の天幕生活の中では、考えたこともなかったものだった。それが百年前には当たり前だった。ずっとこの同じ土地を遊牧しながら暮らしてきたのに、朝廷から異民族と決めつけられてしまい、いつ狩られるかわからない生活を強いられていた。

それは転々と旅を続けないといけない、羊泥棒や大鳥と戦わないといけない生活とはまた違う種類の不安だろう。

その日帰って、桂花が腕によりをかけた料理を口にしても、その痛みは消えなかった。この痛みは、虫の報せというものだ——彼女はずっと、嫌な予感を覚え続けていた。

妃のお茶会と花仙の予言

最初に紫蘭が違和感を覚えたのは、妙に濃い土の匂いだった。おまけに流行り病の時に隔離するための天幕の中のように、澱んだ空気が辺りを包んでいる。

「紫蘭、紫蘭。早く起きなさい……！」

「……ん、んんん？」

そのたしなめる声は、桂花のものではなかった。でも、いつも聞いていたはずの声。

そこでようやく紫蘭はばちっと目を覚まして、隣を見た。そこには小さな背中をした祖母の姿があった。

後宮の生活は、衣食住が保証されているし、羊泥棒や狼と戦わなくても自分たちの財産を持っていかれることのない生活だ。しかし、家族の声が聞こえてこない。

紫蘭はじわり……と目尻に涙を溜めて、祖母に抱きついた。

「おばあちゃん……っ！」

「……どうしたんだい？　寝ぼけているのかい？　ほら、早く着替えて用意しないと」

抱きつく紫蘭の腕を解きながら祖母が急かす。

「用意？　今日は移動日だったっけ？」

「いどうび？　まだ寝ぼけているのかい、この子は。ほら、早く」

紫蘭はそこでようやく「おかしい」と気が付いた。

祖母が着ていたのは、浮花族が着ている毛を織った着物ではなく、麻布を乱暴に縫った着物だった。簡素を通り越して質素……いや、粗末な着物。

紫蘭が寝ていたのも、寝台とは程遠い、そのまま敷物を敷いた床だ。その場には同じ敷物がびっしりと並んでいるところからして、皆で一斉に雑魚寝していたのであろう。浮花族は、地面に近過ぎると体を冷やすことを知っている。寝ずの番の仮眠の時以外は、こんな寝方をすることなんてまずないというのに。

紫蘭は胸騒ぎを覚えつつ、祖母に急かされて外に出ていくと、そこでようやくここがどこなのかがわかった。

辺り一面に畑が広がり、同じ粗末な着物を着た人々が農作業をしている。人々を管理している兵の鎧には、見覚えがあった。

「……百花国？」

「そりゃそうだろ。ここは百花国の畑なんだから」

「どうして私たち、百花国の人の畑なんか世話しているの？」

紫蘭の焦った声に、祖母は怪訝な顔をしてみせる。

「当たり前だろ、私たちはこうしないと生きていけないんだから」

畑を見回し、紫蘭はだんだんと血の気が引いていくのを感じた。畑の雑草を抜いている人の中に、浮花族の族長の姿があったのだ。だが日頃の堂々としたふるまいとは程遠い、脅え切った背中を丸めた姿。人相がすっかり紫蘭の見知ったものとは変わってしまっている。

「……おばあちゃん、おばあちゃんは第八花仙と賢王月季の話をよくしていたけど」

「けんおうげっき？　そんな人知らないけど」

祖母が不思議そうに首を捻るので、紫蘭はますます心臓が冷たくなるのを感じる。

祖母は毎日のように、賢王月季や第八花仙が調停した話をしていたというのに、そんな大事な名前を忘れる訳がない。

紫蘭の体温がだんだん下がっていっているのに気付いていないのか、祖母はちらりと兵が遠のいたのを見ながら、溜息をついた。

「……ほら、おかしなこと言ってないで、さっさと持ち場に行きな。私たち朽葉族は、百花国の庇護がなかったら、とっくの昔に滅亡してたんだからねえ」

「……っ!?」

とうとう紫蘭は我慢ならずに、声を張り上げた。

花の名前などいらないという理由からつけられた、朽葉族なんて蔑称、自分たちにはふさわしくない。

「おばあちゃん、違うわ。私たち朽葉族なんかじゃない、私たちは浮花族！　どうしてそんな蔑称で呼ばれて、奴隷扱いされないといけないの!?　羊も馬も取り上げられて、草原を取り上げられて、こんな狭いところに閉じ込められないといけないの……！　こんなの……こんなのおかしいじゃない……！」

紫蘭が一気にまくし立てると、兵士が気付いたらしく「そこ！　なにをやっている!?」と叫んだ。途端に祖母は紫蘭の頭を無理矢理下げさせる。第八花仙のようにと大切に育てられた紫蘭は、祖母にそんな乱暴なことをされたことはなかった。

「も、申し訳ございません……この子は、まだ子供なので……」

「子供ぉ？　子供だからといって、我が百花国を愚弄していいと思ってるのか……！」

そう言って紫蘭の前髪を掴んだ。皮膚が破れそうなほど強く掴む兵士を、紫蘭は睨みつける。どうしてこんな目に遭わないといけないのか。そもそも月季が王になっていないのはどういうことなのか。

まさか……と紫蘭は思う。

自分が落とし穴に落ちて百年前の後宮に飛ばされ、その時に毒殺されるはずだった王太子の石蒜を助けてしまった。後宮に迷い込んでしまった紫蘭は、月季さえ王にすれば、丸く収まると思って、彼に威厳を付けようとしたが。

あの時、判断を誤ったのではないか？

紫蘭は兵に髪を摑まれたまま引きずられる。彼女はそれでもなお信念を曲げなかった。

「どうしておかしいことをおかしいって言っては駄目なの!? どうして蔑称で呼ばれることを嫌だと言ってはいけないの!?」

「貴様……！ 貴様ら蛮族は英雄王石蒜の慈悲がなかったらとっくの昔に滅んでいてもおかしくなかったのだぞ!? あのお方に感謝するどころか、おかしいだとか間違っているとか、よくもそんな戯言を言えたものだなあ！」

「……！」

（英雄王石蒜って……まさか、月季が王にならずにあのまま石蒜がなったっていうの!?）

そこでようやく気が付いた。

かつて首都、玫瑰を訪れた父が、花仙を象徴する花の他に賢王月季に敬意の意を示すための月季花があちこちに咲き誇っていたという話をしていたことを。でも、ここはそうではない。

畑の途切れた区画。紫蘭が髪を摑まれて連行される先。

そこで辺り一面に、柔らかな花びらの月季花の代わりに咲き誇っていたのは、細い花びらを禍々しい血を思わせる赤で染め上げた、石蒜《ひがんばな》の花だったのだ。


紫蘭がぱっと目を開くと、そこはこの数か月ですっかり見慣れた花蕾棟で、彼女にあてがわれた部屋であった。窓の外は暗く、まだ日は昇っていない。

背中はじっとりと汗ばんでいるが、それは寝汗なのか冷や汗なのか、今の紫蘭にはわからなかった。さっきまでの出来事が夢だったということにほっとしながらも、紫蘭は頭を振る。

(あれが夢でよかったけれど……このまま放っておいたら、夢の通りになってしまう。月季が王にならなかったら、王になるのは石蒜……まだ会ったことのない人だけれど、その人が今の王様となにも変わらないんじゃおんなじことだ)

紫蘭は既に百花国の異民族狩りから戻ってきた兵たちを見ている。あれだけ疲弊してもなお無駄な進軍を繰り返し続けていれば、いずれこの国は大変なことになる。既に桂花のような一般の宮女からも不満の声は漏れている。ただ表立ってないだけだ。川に石を投げ続ければ、いずれ波紋は大きな波になる。蝶の羽ばたきは、いずれ嵐を巻き起こす。

紫蘭は月季に教わった話を思い返して、ひとりぞっとした。

（私がしないといけないのは……月季を助けることだけじゃなくって……元の歴史通り石蒜を殺すことじゃない……？　でも……）

名前だけは聞き及んでいるものの、紫蘭は未だに石蒜に会ったことがない。その上彼は王位継承順位第一位。そう簡単に殺せるとは思えない。だが、彼が王になったら。浮花族は全員草原と羊を奪われ、奴隷として繋がれる未来しかない。

紫蘭はこれまでにも、たびたび夢でよくないことを見ることがあった。放置しておくと、大概は夢の通りのよくないことが起きた。これはどう考えても、放っておくのは問題がある。

今までも後宮内で反乱が起こっては、鎮圧されていたという。もし今まで以上の反乱が起こったらどうなるのか？

国が自壊するならまだましだ……反乱を鎮圧するという大義名分のもとに暴君が権力をふりかざし、民が不満すら言うことのできない圧政を強いる可能性だってある。

そう紫蘭もわかってはいるが、彼は羊を狙う狼ではない。人間なのだ。紫蘭は羊泥棒を追い払うために追いかけ回したことがあるが、殺そうと思って矢を番えたことは一度もない。

本当に、彼を殺さなければいけないんだろうか。

結局紫蘭は、それから一睡もすることができずに、朝を迎えた。

夢見が悪かったせいか、桂花がつくってくれた料理を食べても、月季と騎射に出かけても、どうにも調子が出なかった。

草原に生えている細い木に的をかけ、それに向かって馬に乗ったまま弓矢を放つ。馬に乗ったまま矢を射るのは、日頃から紫蘭が行ってきたことだったが、今日の紫蘭はずっと的を外し続けていた。

矢が地面に突き刺さったのを見て、隣で馬に乗っていた月季が心配して顔を上げる。

「紫蘭？　今日は調子が悪いですね？」

「あ、ああ……ごめん。今日はちょっと起きてから具合が悪くってね……寝違えてしまったのかも」

「ああ……花仙でも、寝違えたりするんですね？　なら、今日はもう後宮に戻りましょうか」

「ううん。もうちょっとだけやろう。なんだったら、月季は休んでてもかまわないから」

「それじゃあ、僕の鍛錬になりませんよ」

月季に気を遣われているのを心苦しく思いながらも、紫蘭は悪い夢見で荒立つ自身の心をなんとか鎮めようと、弓矢に神経を集中させる。

彼女の腕前らしくもなく、何度も何度も外したが、どうにか的と馬に神経を研ぎ澄ませて、少しずつ当てられるようになった。

気を鎮められたらしいとほっとして、同じく弓に矢を番える月季を見た。

最初に出会った時は儚さが先に立ち、弓矢を射るどころか弓を引くことさえ満足にできなかったのが、今は美しい姿勢で馬に乗ったまま矢を放てるまでになった。

彼が堂々と、美しくも力強く弓を引く姿に、紫蘭は息をつく。

「本当に、見違えるようになったね」

彼女の素直な感嘆の声に、月季ははにかんだ。

「はい……紫蘭がずっと鍛錬に付き合ってくれたおかげです。ありがとうございます」

「いいえ」

紫蘭が軽く首を振ると、遠くから馬の蹄の音が聞こえた。

その音のほうに視線を向けると、またも百花国の軍が移動していくのが見える。またどこかに挙兵したらしい。しかしこのところ、ふたりが鍛錬のために外乗に出るたびに、挙兵する軍を見かける……明らかに挙兵の回数が増えていた。

「あの……異民族狩りって、そんなに頻繁にするものなの？　私、そんなに数を重ねる必要を思いつかないんだけれど」

紫蘭の問いに月季は明らかに顔を曇らせる。あどけない顔には、幾ばくかの怒りが滲んでいるようだった。

「普通でしたらありえません。兵をあんなに疲弊させてまで、何度も異民族狩りを繰り返す意味がないですからね」

「じゃああれにはなにか他に意味があるの？」

再び出てきた紫蘭の問いに、ふと月季は考え込む。

「……じゃあ、確認にいきましょうか」

「確認って……軍の人に聞きにいくの？」

「それはおそらく無理だと思います。いくら僕が王子とは言っても、今の軍の上層部を牛耳っているのは、朱妃の家族ですから。僕のことを政敵とは思っても、王子だと認めてはいないでしょうから」

紫蘭はそれに納得したようなしていないような顔をしつつも、再び尋ねる。

「じゃあどうするの？」

「図書館に向かいましょう」

その答えに紫蘭は目をパチクリとさせた。たしか月季は後宮の図書館の本はあらかた読んでしまったと聞いていたが。

「月季は図書館の本はほとんど読み終わってしまったんじゃなかったの？　それって意味があるの？」

「たしかにほとんどの本は読んでしまって、内容も暗記しています。でも紫蘭にも見て欲しいものがありますから」

紫蘭はますますわからないという顔のまま、馬を走らせ月季についていった。なにがそこまで月季を急がせているのかは、紫蘭の与り知るところではないが。

（なにもしないよりは、いいのかな……夢の通りになってしまったら困る……なにもしなかったら、私たちは奴隷になってしまうんだとしたら……ううん。そもそも兵士たちだってあのまま放っておいていいのかわからないもの。やれることはやろう）

ふたりで後宮に戻り、馬を厩舎に返してから、後宮内にある図書館へと向かう。

図書館へと通じる長い渡り廊下を通るが、不思議と誰にも遭遇しない。どうも図書館の利用者は相当少ないらしい。

やがて見えてきた棟は、ちょうど月季たちが利用している花蕾棟に近い形をしていた。そこの管理をしているらしい宦官に会釈をしてから、ふたりで中に入る。

墨汁と古紙の匂いの充満した部屋は、棚に所狭しと書物が溢れている。月季の部屋にも相当の本が並んでいたが、図書館の蔵書はその比ではない。

後宮に来たばかりの紫蘭にはここの価値がなにひとつわからなかっただろうが、今の彼女は文字が読めるし、ここにある本には彼女から見えない世界の話もつづられているということが理解できる。

月季が「少し探し物をしますから、好きに見ていてください」と言うので、紫蘭は頷きながら棚を眺める。前に月季に読ませてもらった民話のように、花仙について触れられている本がないかと探してみたら、かなり分厚い本が見つかった。

読めるだろうかと思いながら一冊引き抜いて目を通してみると、百花国の各地に残っている八花仙の逸話が載っているのが読み取れた。月季に習った文字に当てはめて、ゆっくりと内容をたしかめる。

(よかった……月季にずっと付きっきりで面倒を見てもらったおかげで、時間をかければなんとか読み通せそう)

あちこちの地方で八花仙が降臨してきて善行をなしているのが読み取れ、以前に月季の部屋で読んだ、第八花仙が天涯孤独になった男性のもとに降りてきた逸話も載っていた。こちらのほうが詳細に語られているようだった。

家族を亡くしたものの、墓をつくるお金すらない男性は、困り果てて自分自身を売ってまでお金を工面しようとしていた。それを見かねた仙界が、第八花仙をその男の前に降ろすのだ。ふたりで必死に仕事をしてお金をつくり、家族のために立派な墓をつくった。いつしか男性と第八花仙は恋に落ちていたが、人間と花仙の婚姻は禁忌。

第八花仙は仙界に連れ戻されてしまった。男性は第八花仙の祠をつくり、かつて恋した彼女の祠をいつまでも祀ったという。

扶朗が紫蘭のことを「第八花仙」と言って祀り上げたのは、王太子暗殺未遂事件の黒幕を炙り出すためだけではなく、花仙信仰の厚い百花国では、有事の際に八花仙が降臨してくるという逸話が浸透しているからだろうか。紫蘭がたまたま第八花仙の逸話に合うような格好をしていたから、その可能性が高い。

紫蘭はそんなことを考えながら本を読み耽っていたが、月季の「お待たせしました」の声で、思わずパタンと大きく音を立てて本を閉じた。

「ああ……読書を中断させてしまいましたか。申し訳ありません。こちらを借りるのでしたら、僕が手続きしましょうか？」

「い、いいの……もう読みたいところは読んじゃったから。それより、わざわざここまで来て確認したかったことって？」

第八花仙であるはずの紫蘭が、自分について書かれた伝承を読んでいるのは、おかしいだろう。

紫蘭はできる限り月季に本の背表紙を見られないように気を配りながら、棚に本を差し込んだ。月季は紫蘭の不審な態度に少しだけ不思議そうに首を傾げながらも、

「あちらで一緒に見ましょう」と閲覧席のほうを指差した。

大きな机に広げたのは、地図だった。

「これは？」

「この大陸の地図、ですね。これは百花国で、この北西部が全て遊牧民族や騎馬民族が生活している区域になります」

「ええ……そうなのね」

それはいつか月季が地面に書いて教えてくれた国の形を、より鮮明に描いたもののようだった。

前に紫蘭は扶朗からも少しだけ説明を受けたことを思い出した。その時はほぼ文字が読めなかったせいで、絵しかわからなかったが、文字が読めるようになった今なら地図の情報がよくわかる。

そしてこの遊牧民族や騎馬民族が生活している草原の西方にも大きな国が存在していることに気が付いた。

「この国は？」

「郁金香国《いくきんこうこく》ですね」

「前に扶朗から、異民族狩りを続けているのは、他国との貿易のための道が欲しいからって聞いたけれど、貿易をしているのはこの国なの？」

「まあ、そうなりますね。本来、草原は夏場は騎馬民族や遊牧民族の滞在地になるため、貿易には迂回した行路を使っていたのですが、草原を横断したほうが早いので……という大義で異民族狩りをしているのが現在です」

紫蘭は少しだけ考える。

郁金香国は紫蘭の本来いた時代にも存在している大国のはずだ。基本的に浮花族が商売を行っているのは百花国だけで、西方にある郁金香国とはほとんど縁がないが、他の遊牧民族や騎馬民族はその限りではないのかもしれない。

「百花国が遊牧民族や騎馬民族の討伐をずっと続けていたら、郁金香国に逃亡されるってことはないの？　もし私だったら、その土地に留まるよりも、まずは追手が来ない場所に逃げることを考えるんだけれど」

紫蘭は思いつきを口にしてみただけだが、月季は黙り込んだ。そして顎に手を当てて「ええ、ええ……」と頷いた。

「たしかに今まで挙兵した人たちを見ている限り、捕虜を連れ帰る場合もありましたが、ほとんどは誰も連れずに帰ってきていましたから、隣国に渡った方々も大勢いらっしゃるのでしょうね」

「よかった……」

少なくとも、遊牧民族や騎馬民族が全員、百花国に隷属させられている訳ではないらしい。そのことに紫蘭はほっと息を吐くが、月季の顔は曇ったままだ。

「……今のまま異民族狩りが繰り返されれば、最悪の展開もありえますね」

「え、どうして最悪の展開なの？　むしろ遊牧民には隣国に行ってもらったほうが、兵を疲弊させることもないし、無駄な戦をしなくていいんじゃない？」

「……そう簡単な話ではありません。妃たちの実家の話は、紫蘭は既に知っていますか？」

月季の言葉に、紫蘭は目をパチクリさせる。たしかそのことで桂花が不満をもらしていた。

「今いる四人の妃の実家は、どこも軍の上層部に食い込んでいるとは聞いたけれど……」

「ええ、そうですね。だから国の外交についても詳しいはずで、国外の状況もよく知っているはずですが。それなら今の状況が郁金香国に戦争の大義名分を与えかねないことに気付かない訳はないんです」

「大義名分って……どういうこと？」

「避難してきた異民族と同盟を結んだとなったら、彼らの土地である草原の奪還という大義名分のもと、百花国に攻めてくる可能性が高いということです」

そのおそろしい可能性に紫蘭は心臓が冷たくなるのを感じる。大国同士の戦争なんてことになれば、巻き込まれ戦地になるのは周辺の小国だし、戦うのはそこの国民だ。

「そ、そんなことになったら、百花国が郁金香国と戦争になるじゃない！　それをよしとするって、どうかしているんじゃ……」

「ええ。人道に反していますし、どう考えても正気じゃありません。しかし残念ですが、百花国は目の前のことしか考えていない人たちに牛耳られているのが現状です」

　紫蘭は一瞬理解できなかったが、だんだん意味が呑み込めてきて背中に冷たいものが走るのを感じた。思わず紫蘭は辺りを見回した。

　この図書館の管理を行っている宦官は、こちらには目もくれずに蔵書の整理を行っている。他に図書館に誰も足を踏み入れてはいないようで、宮女や妃の姿はどこにも見受けられなかった。

　こちらを気にする者が誰もいないことを確認してから、紫蘭は口を開いた。

「……戦争を起こして、ひとり勝ちしようとしている人がいるっていうこと？」

「兄上――石蒜の母君に当たる朱妃の実家は将軍家であり、異民族狩りの強硬派ではありますが、少なくとも国を売ろうとするような真似はしません」

　朱妃は何度もお使いの宮女を寄越して紫蘭との接触を望んでいるようだが、そのたびに宦官たちに阻まれていた。それでも強硬な手段に出ていないのは、石蒜を第八花仙が助けたという事実を利用するために、不興を買いたくないからだろうか。

「ですが、北方出身の莉妃であれば、その周辺に住まう遊牧民族や騎馬民族を一掃して、北方一帯を掌握したいと考えてもおかしくありませんし、朝廷で発言力の強い将軍家出身の星妃であれば、同じ将軍家出身の朱妃の一族の顔に泥を塗りたいと考えるかもしれません。ちなみに、梅妃の実家は豪商で、どの国でも商売をしていますから、百花国がどうなっても関係ありません……」

紫蘭はぎゅっと、机を叩きそうになる自身の右手を押さえた。

(なんて迷惑なの……自分の家のことしか考えない人ばっかりじゃない。遊牧民族や騎馬民族だけじゃ飽き足らず、自国の人たちまで……!)

紫蘭は怒りながら、ふと月季に視線を向けると、いつも穏やかに笑っている彼が、珍しく顔から表情を消していることに気付いた。最初は身勝手な人々に言葉を失っているのかと思ったが、彼のまとう空気がヒリヒリしたものに変わっている。

(……もしかして、月季は怒っているの？　百花国の上層部の人たちに。それとも……自分に対して?)

月季が、どれだけ賢く、少しの情報だけでその先のことを見通すことができたとしても、彼には異民族狩りを止める権限がない。

なぜなら王太子でないどころか、まともな後ろ盾もない彼には、将軍家を止める権限もなければ、王を諫めるだけの発言力もないからだ。たとえ王族だったとしても後ろ盾がないということは、なにを言っても、その言葉は届かないことを意味する。

（扶朗がどうして、周囲を騙してまで私を無理矢理月季の後ろ盾に仕立てようとしたのか、ようやくわかった……どれだけおかしい、間違っていると言っても、今の月季の言葉を誰も聞いてはくれないからだ）

図書館を出て、花蕾棟に戻ってからも、紫蘭の怒りが鎮まることはなかった。

食事を持ってきた桂花が恐々と尋ねる。

「あのう……第八花仙様。外乗から戻ってきてから、ずっとご機嫌が悪いようですけど。大丈夫ですか？」

「……ごめん桂花。私は別に、あなたに怒っている訳じゃないんだ」

「はあ。ならよかったです。最近後宮内は、なんとなくいやーな空気が充満してますよね」

「え？　そうなの？」

紫蘭は基本的に月季と白陽、桂花としか接点がなく、扶朗や他の宦官、使用人たちとは本当にときどき交流がある程度だ。後宮内に住んでいるはずの妃たちやその下で働いている宮女たちとの接点は、ほぼない。せいぜい妃たちのお使いの宮女たちが、宦官に阻まれて花蕾棟に入れないで帰っていくのを眺めるばかりだった。

だから桂花の言葉で、今更後宮内の様子を全く知らない事実に気が付いた。

桂花は「そうですよぉ」と言って、紫蘭に冬瓜スープをよそい、とうもろこしの粉でつくった皮で野菜と肉を巻いたものを差し出しながら頷いた。

「石蒜様の暗殺未遂事件ありましたでしょう？　ちょうど第八花仙様が降臨なさった日。あの時に宮女を差し向けた犯人捜しで、妃様同士の鍔《つば》迫《ぜ》り合いが前以上にひどくなりましてね。私は第八花仙様のお世話ということで、花蕾棟を中心に仕事をしていますけど、それぞれの妃様付きになっている子たちは皆大変そうで」

紫蘭は桂花の愚痴を聞きながら、冬瓜スープを飲む。スープで煮込んで蕩けた冬瓜の出す落ち着いた味は、苛立った気持ちを鎮めてくれ、少しばかり冷静さを取り戻すことができた。紫蘭はじっくり、桂花の話に耳を傾けた。

「前も暗殺未遂事件が原因で、何人も死んだって話を聞いてますし、皆怖がっているんですよ。どの妃の近くが安全か、どの妃に付いたら死ぬのかって」

紫蘭たちがそんな後宮内でのいざこざに巻き込まれず平穏無事に暮らしていられるのは、単純にここが「生きていても死んでも価値のない」王子である月季のお膝元だからだ。王位継承順位が一番下の上に後ろ盾もなく、どう転んでも王位は回ってこないと判断され、放置されているから。

勝手に存在に意味がないとされていることに、紫蘭が憮然としていると、桂花が言う。

「私たち宮女なんて、いくらでも補充が利くって思われていますもん。後宮の中のことって本当になにも漏れませんから、騙されてここに奉公に来たり花嫁修業に来たりしてる人もいるんですよ。妃たちは私たち宮女個人のことなんて、どうでもいいんです。その証拠に、宮女の名前さえ憶えようとしませんから。あっ、第八花仙様や月季様、白陽様たち宦官の皆さんは好きですよ！　私たちの名前を憶えてくださっていますから！」

桂花は噂好きでちゃっかりしているかと思いきや、それは彼女は彼女なりに、後宮で生き残る術を模索した結果らしい。そう考えると、ますます百花国の現状はまずいんじゃないかと、紫蘭には思えてならなかった。

せっかくのおいしいはずの肉と野菜の巻き物も、今は紙を食べているような味がした。

月季との読み書きの訓練は、月季の部屋から図書館に場所を移したが、相変わらず外乗と弓矢の鍛錬と並行して行われていた。

これだけ立派な図書館にもかかわらず、利用者はほぼ月季と紫蘭に限られ、既に図書館の管理をしている宦官とはすっかり顔見知りになっていた。

月季の部屋では詩歌ばかり読んでいたが、少しずつ紫蘭の読解力が上がり、もう少し難解なものも最後まで読めるようになってきた。今は八花仙の逸話だけでなく、他国の逸話にも挑戦している。

紫蘭が読書に耽る中、月季は前にも増して読書量が増えた。

彼の横に積んである書物に視線を移すと、それは他国の文化や貿易についての記述がされているらしく、紫蘭には彼の思惑がよくわからず、ただ首を捻っている中。

「やあやあ、こんなところにおられましたかぁ……！」

数日ぶりに聞く仰々しい声に、思わず紫蘭はつんのめって本棚に頭をぶつけた。

「扶朗、お久しぶりです。最近は後宮内も慌ただしいそうですが、こんなところまで来て大丈夫なんですか？」

月季が親し気に声をかけると、扶朗は普段の人を食ったような笑いではなく、柔和な笑みを浮かべて会釈した。

(この人、こんな顔もできるのね……それとも、月季にはおべんちゃらが通用しないからこの顔をしてるのか……いや、私にもおべんちゃらだとばれているとわかっているだろうに、胡散臭い態度のままか)

紫蘭が半眼で眺めていると、扶朗は弁舌さわやかに月季に対応する。

「いえいえ。殿下もご壮健でなにより。今日は第八花仙様に用があって参りました」

「ええ？　私……？」

紫蘭は思わず半眼のまま、扶朗を見た。

国のことを誰よりも憂いている御仁だが、基本的に胡散臭い。それが紫蘭にとっての扶朗の印象であり、今のところそれは全く覆ってはいない。

扶朗はにこやかに紫蘭に挨拶する。

「お久しぶりです、第八花仙様。実は相談がございまして」

「相談？」

そこでようやく紫蘭は半眼を解いて扶朗をきちんと見やった。紫蘭に向ける笑みは、月季に見せた柔和なものではなく、いつもの胡散臭い笑みであり、それがまた油断ならないと紫蘭をたじろがせる。

そんなことにはお構いなしに扶朗が告げた。

「王太子殿下を助けていただいたお礼がしたいと、朱妃様から第八花仙様にお茶会のお誘いがありましてね。ぜひとも第八花仙様をおもてなししたいそうです。他の妃様方も招待しておられるようで、私の一存ではお返事をしかねるため、こうしてわざわざあなたのもとまで判断を仰ぎに出向いたまでです」

「は、はあ……？」

紫蘭は開いた口が塞がらなかった。

石蒜を助けてからかなり時間が経っている上に、そもそも宦官側が妃たちのお使いの宮女を塞き止めていた。

そんな中でいきなりお茶会に招かれても、なにかの罠ではないかとか揺さ振りが待っているのではないかとか、勘繰るのが普通だろう。

隣で聞いていた月季は顎に手を当てて少しだけ考えてから、「扶朗」と声をかけた。

「この話は、僕が一緒に聞いていても大丈夫なものでしょうか？」

「むしろ、この話は殿下と第八花仙様、どちらにも関係あるかと思いましたので」

「紫蘭だけではなく、僕も……ですか」

月季がその返答に深く眉間に皺を刻むと、扶朗は「ええ」と大きく頷いた。

「今まで朱妃様が積極的に第八花仙様に接触してこなかったのは、ひとえに王太子殿下暗殺を企てた黒幕がわからなかったからだと思われます。よくも悪くも殿下には後ろ盾もいなければ、まともな護衛もいないために放置されていましたが、そこへ第八花仙様が降臨なさったために、後宮内の勢力図もいささか変化しました」

「あのー……ずうっと白陽たちが妃のお使いの宮女の訪問を断り続けてたのって」

「妃様の誰かひとりとでも接触を持ったら、そのまま向こうが第八花仙様から慈悲をいただいたと触れ回るに違いありませんから。それこそ、その次は他の妃様が宮女や下働きといったあなたとの謁見の目撃者となってくれる者たちを大勢連れてやってくるといったことを繰り返すでしょう。そうなったら収拾がつきません」

（たしかに……そもそも、そんなことをされたら、わざわざ月季の後ろ盾にしようとしていた第八花仙の立場のありがたみがなくなってしまうものね）

「一応聞くけれど、石蒜の暗殺未遂事件の黒幕は、まだわからないの？」

紫蘭の問いに、扶朗は端整な顔つきを少しも変えずに「話を続けますね」とだけ言った。紫蘭はまたも半眼になる。

（これ、既に扶朗は暗殺未遂事件の黒幕、探り当てたな……でも宮廷内の様子に詳しい桂花からすら黒幕の噂話ひとつ出ないってことは、扶朗でも迂闊に手出しできない相手……妃の内の誰かってことか。月季の言った通りだ）

先日、月季と図書館でひそかに話した内容を思い出し、紫蘭はむかむかする気持ちを堪えた。

（あー、本当に面倒だな。皆揃いも揃って悪だくみばっかりしてさ……そのよく回る頭、ちょっとは国のために使えばいいのに）

彼女の思惑はさておき、扶朗は話を続ける。

「王太子暗殺未遂は黒幕が見つかっていないとはいえ、後宮内の動揺もひとまず落ち着いたため、朱妃様は第八花仙様に再度接触してきたのだと思われますが……どうなさいますか？　お茶会に参加なさいますか」

「ええっと……そもそも朱妃は私にあからさまに接触して、なにかいいことあるの？　今までこっちはずっと袖にし続けていたのをわかっているだろうに、いきなりお茶会に招待って。なにか企んでるんじゃないかと思って、普通に気持ち悪いんだけれど」

紫蘭はそう素直に口にする。わざわざ宦官たち皆で使いを追い返していたのに、いきなり妃全員と会うことになるなんてと、こちらも勘繰りたくなるというものである。

扶朗は既に彼女のそういう反応を予想していたらしく「でしょうね」と頷く。

「ですが今回に限っては、他の妃様もいらっしゃることですしそこまで第八花仙様が心配されるようなことはないかと思いますよ。ただ、政治的に利用しようとはするでしょうが」

「そこまでして接触したい政治的な理由ってなに？」

「おそらく、ですが。第八花仙様が降臨した理由を、朱妃様の都合のいいように上書きするためでしょうなあ」

紫蘭は閉口する。

ほとんど祖母から聞いた伝承しか知らなかったため、このところずっと図書館で八花仙の逸話を読み耽って、花仙信仰について勉強していた。

花仙信仰の本に書かれている百花国建国神話は、どの本を読んでも概ね筋書きは同じだった。八花仙は百花国をつくったものの、後のことは放置している……本では見守っているとされている。しかし有事の際には降臨し、人間の手助けをしてから仙界なり桃源郷なりに立ち去っていくらしい。

「八花仙が降臨して若者を助けるという逸話は、百花国の各地で伝承として伝わっています。それに倣って、王太子殿下を助けるために第八花仙様が降臨し、彼——つまり石蒜様が天命により選ばれし王太子だという話にしようとしているんですよ」

扶朗の発言に紫蘭は絶句する。朱妃の宮女が今まで執拗に挨拶に来ていたのは、紫蘭がうっかりとはいえど石蒜を助けたことで、花仙信仰に倣って彼が選ばれし王太子だということにするためだったのだ。しかし紫蘭は月季と一緒に花蕾棟に籠もってしまい、宦官たちにより接触を拒まれてしまった。ということはこのままでは、第八花仙が選んだ王子が石蒜ではなく月季になるのをおそれているのだろうか。

月季は再び顎に手を当てて考え込む。

「つまりは……紫蘭の口から、兄上が次期王にふさわしいと言質《げんち》を取ることが朱妃様の狙いでしょうか？」

「おそらくは。どういう形であれ、言質を取ろうとしてくると思われます。ちなみにですが」

扶朗はなにやら竹簡を取り出すと、それをほどいて中を見せた。

それは後宮訪問許可証と書かれている。

「先日のお茶会は、暗殺未遂事件のせいで中止になってしまいましたからねえ。今回は石蒜様も参加されます」

「……石蒜」

今まで何度も名前だけは聞いていた。

朱妃の息子であり、現在の王太子であり、彼が王位継承権を放棄してくれない限り、絶対に月季に王位が回ってこないとわかっている相手。重要人物にもかかわらず、今の今まで顔を合わせることもなかった。

「……私、石蒜に会ってみたい。お茶会に参加しようかと思うんだけど、いいかな？」

紫蘭の言葉に、扶朗は何故か満足げに笑った。一方、月季は心配そうに紫蘭を見つめる。

「朱妃はおそらく、今回はなにもしてこないとは思いますけれど……大丈夫ですか？」

「心配してくれてありがとう。ただ全く会ったことのない人のことを批判していいのかって、ずっと気になってたからね。会ってから判断しようと思うんだ」

正直、紫蘭も見た夢の内容が内容だったがために、彼を悪逆非道な人物と捉えるのは簡単だった。しかし会ったこともない人間を、噂と主観だけで簡単に決めつけていいのかとも思っていたのだ。

扶朗はにこやかに紫蘭に声をかける。

「ご決断ありがとうございます。それでは、先方にはそうお伝えしますので。その前に殿下、少しばかり第八花仙様とお話ししてもよろしいですか？」

「僕はかまわないのですが……紫蘭はどうですか？」

「別にいい。それじゃあ外に出ようか」

月季にそう言い置いてから、紫蘭は扶朗と共に図書館を出た。

しばらく歩いた先は、人気《ひとけ》のない中庭で、花が咲き誇っていた。今は宮女たちも使用人たちもいないため、密談にはちょうどいい。

「まさか、あなたから行きたいと言ってくれるとは思わなかったんですけどねえ」

「行かせるつもりで話を持ちかけておいて、なに言ってるの。それで、本当にお茶会に参加するだけなんでしょうね？」

紫蘭は気色ばんで扶朗を睨みつけると、彼は涼やかな双眸を細めて笑う。

「表向きはね。ちなみに、妃たち全員があなたを第八花仙だと信用しているとは限りません。ですから、くれぐれも下手に質問に答えてぼろを出されませんよう。このところ、あなたはかなり図書館の本を濫読していらっしゃるようですので、その点は心配していませんが」

紫蘭は図書館の管理をしている宦官のことを思った。彼は宦官長たる扶朗に紫蘭たちの行動を報告していたらしい。

「……要はあれか。朱妃は八花仙の逸話通り、石蒜が選ばれし王太子だと箔を付けたくて、他の妃たちとしては、私の化けの皮を剝がしたいのか」

「ご明察。意外とあなたは第八花仙の役回りが板に付いてきたみたいで……まあ、そうですね。人は最初から役割に向いている訳ではありません。役割を与えられて、初めてその役割にふさわしい人間になろうと励むものですから」

そうしんみりと扶朗が言うので、紫蘭は少しだけ目を細めた。

「あなた、かなり胡散臭い割には、物言いが月季に似てるところがあるね。いや逆か。月季があなたに似ているのか」

胡散臭いか胡散臭くないか。それ以外は月季と扶朗の言動は似通っていた。それが扶朗の教育の賜物なのか、そもそもこのふたりが似た性格なのかは、紫蘭にもよくわからなかった。紫蘭の言葉に、扶朗は破顔した。

「それはそれは。誉め言葉として取っておきますよ。ところで」

「なに？」

扶朗は紫蘭を上から下まで舐め回すように眺めて「ふむ」と顎をさする。それを見て紫蘭は首を捻る。

「だから、なによ」

「さすがにその格好では、妃のお茶会で浮くかもしれませんね」

そう言われて、紫蘭は自分の着物を見る。

定期的に桂花が着替えを用意してくれるものの、基本的な格好は紫蘭が後宮に落ちてきた時と同じ毛の織物の着物だ。日頃から馬に乗ったり弓矢を操ったりしている彼女からしてみれば、一番動きやすいため気にしてはいなかったが、たしかに後宮で働く宮女たちよりも簡素かもしれない。

扶朗は輝くような笑みを浮かべる。

「着物はお茶会前に用意させます。どうぞ第八花仙様がお茶会で恥をかきませんように」

「……あなた、面白がってない？」

「いえ、ちっとも」

おちょくられているような気がする。

紫蘭は釈然としないものを感じながらも、扶朗と別れたのだった。

それからしばらくして、お茶会の正式な日時と場所が書かれた招待状が送られてきた。それと同時に扶朗から正装用の着物が届けられた。

紫蘭はてっきり一着だと思っていたが、何着も用意されていたのだった。

「私、着物なんて一着あればいいのに、どうしてこんなにたくさん用意するの。もったいないじゃない……」

日頃紫蘭の着ているものよりも触り心地が格段にいいことに、彼女はなんとも言えない顔をしていたが、紫蘭の発言に桂花は目を吊り上げる。

「なにをおっしゃってるんですか！　お茶会は女の戦場なんですよ。いくら第八花仙様が美しいからといってもですね、着物や化粧で差を付けられてしまったら、勝手に格下扱いされてしまうんですからね！」

「そんな、大袈裟な……」

紫蘭は少し及び腰になるが、扶朗から着物を託された白陽は苦笑しながら「ええ、ええ」と口を挟んでくる。

「私も桂花に同意しますよ。お茶会は基本的に妃たちの力を見せる場なんです。たとえば他国の珍しい生地を使った着物を着ていれば、外国から生地を取り寄せられる財力を誇示することができますし、使っている香油、身につけている宝石から、どこの国と付き合いがあるのか確認ができますから」

白陽の言葉に紫蘭は絶句する。紫蘭からしてみれば、お茶会というのは一日の作業の合間の休憩時間に心身を休めたり、世間話に興じたりするもので、互いの財力や権力を誇示し合う場とは程遠い。

「……そんなおそろしいものに、私は参加することになったの？」

「お茶会の誘いを持ってきたのは扶朗様ですが、参加を決めたのは第八花仙様でしょう。どうぞ桂花に着物を見てもらってくださいね」

白陽から聞かされたお茶会の裏に隠された意味に、紫蘭はげっそりとする。

（なにそれ……扶朗もなんでそんなおそろしいお茶会に参加しろと言ってきたの……ぼろが出たら、一発で後宮から叩き出されるのに……）

よくて追放、悪くて死刑だ。失敗は許されない。


お茶会当日、桂花はまずは紫蘭を浴場に連れていき、体を清めてから、日頃から化粧っけのない紫蘭の顔に化粧を施しはじめる。そして長い伸ばしっぱなしの髪を丁寧にとくと、それを束ねる。

そしてたくさんの着物の中から桂花が悩みに悩んで選んだ一着を裸の紫蘭にせっせと着付けはじめた。月季から借りてきたのか、着方の絵の描かれた本を広げ、それを一生懸命見ている。

「私もですねえ、さすがに花仙様の着付けは初めてなんですよぉ。ですから、ちゃんと花仙様の服装のしきたりとお茶会の服装規定の両方を守らなければなりませんから、少々お待ちくださいね」

「大袈裟な……扶朗がちゃんと用意してくれたんだから、それをそのまま着ればいいだけでしょ……」

「ですから！　これは花仙様だけの問題ではなく、宮女の面子の問題にもなるんですよ!?　私が第八花仙様に下手な着付けをしたと知れ渡ったら、宮女詰所でどれだけ悪い噂を立てられるかわかったもんじゃありませんもの……」

そう言いながら、てきぱきと紫蘭に着物を着せていく。そういうものか、と紫蘭が考えている間に、だんだん身につけるものの重量が増えていく。桂花が難しい顔で、着物を合わせたり留め具を選んだりしている内に、やっと着付けが終わったようだ。

「終わりました……！　ご確認お願いします」

ひと仕事終えたとばかりに満足げな桂花に「ありがとう……？」と言いながら、部屋に設えられた姿見を見る。

草原を駆け回っている普段のお転婆娘の姿はなりを潜めて、鏡には、大人びた女性が映っていた。

化粧を施したおかげでぽってりとした唇に、飾り紐で結われた髪。後宮でよく見かける絹の着物に毛の着物を重ねることで、第八花仙の逸話から外れないようにしている。そして腰には弓矢を象った小物を付けた飾り紐。着物には紫蘭の花があしらわれているのも特徴的だった。百花国風と花仙信仰が入り交じった服装である。

「すごいね。ありがとう」

紫蘭がそう素直にお礼を言うと、桂花が「えっへん！」と腰に手を当て、胸を張った。

「元々素材がよかったですし、扶朗様からいただいた着物から着付けを考えるのは楽しかったです。それじゃあ、第八花仙様、お茶会お気を付けて」

「うん、わかった。行ってくる」

いつもよりもやや重たい服装なのでよたよたしながら廊下に出ると、心配して外で待っていた月季と白陽が目を丸くしてこちらを見てきた。

「ええっと、それじゃあお茶会に行ってくるけど……なに？　その反応は」

「ああ、ああ……驚きました。第八花仙様でしたか。本当によくお似合いです」

白陽に深く頭を下げられ、紫蘭はきょとんとした顔で見つめる。それを見て月季はくすくすと笑った。

「紫蘭が綺麗だから驚いたんです。本当にお似合いですよ。お茶会、どうかお気を付けて」

「うん。ありがとう」

「扶朗が連れていってくれるとのことですけど……そろそろ来ますね」

そう言っている間に、扶朗が現れた。

「殿下、これより第八花仙様をお連れします。ああ」

背後にいる紫蘭に気付くと、扶朗は輝く笑顔を向けてきた。おそらく桂花あたりだったら黄色い声を上げているだろうが、残念ながら相手は紫蘭だ。彼女は思わず半眼になって彼を一瞥した。

「見立て通り、似合ってよかったです」

「今日は着物をありがとう。桂花もお礼を言っていた」

「いえいえ。せっかくのお茶会ですからね。それじゃあ参りましょうか」

紫蘭は振り返って、月季に挨拶をした。

「それじゃあ、行ってくるから」

「はい、兄上にどうぞよろしくお伝えください」

その言葉に、紫蘭は大きく頷いてから、扶朗の後に続いた。

棟から離れ、長い長い渡り廊下を歩く。人気がなくなったところで、扶朗はからかい交じりに紫蘭に声をかけた。

「ずいぶん似合うじゃないですか。馬子にも衣装です」

「うるさいなあ……そもそもあなたでしょ。私に着物を届けさせて着ろと言ったのは。着慣れない着物を着ている私をからかうのがそんなに楽しい？」

「いえいえ。妃様たちの中には、未だに紫蘭のことを本当に花仙なのか疑っている人物もいらっしゃいますから。念のために浮花族だと一発でわかる格好を避けただけですよ」

「私、後宮に落ちてきた時から、ずっと似たような格好をしていたんだけれど？」

「幸いにも目撃者は宮女や宦官ばかりで、花仙に関する知識が足りなかったから看破されなかっただけで、完全に運がよかったんですよ。ですけれど、後宮に輿入れしてきた妃様たちはそうではありませんから」

「う……」

　それに対して紫蘭はなにも言えない。月季は素直だから扶朗と紫蘭の言葉を信じたが、服装に関してはそもそも最初から扶朗に疑われていたのだ。教養を仕込まれた上で後宮入りした妃たちが、紫蘭の正体に気付かないという保証はない。

　扶朗は怯んでいる紫蘭を見ながら「まあ」と声を上げる。

「今回、紫蘭の正体を暴くことよりも、王太子殿下に箔を付けることを優先する朱妃様は味方になってくれることでしょう。彼女でも庇い立てできないくらいのぼろさえ出さなければ、問題ありませんよ」

さんざん悪い噂を聞いている朱妃を味方につけないといけないというのが、既に紫蘭にとっては荷が重い。

「お、脅かさないでよ……わかった。なんとかする」

そうこうしている内に、後宮内にいくつもあるという庭の中でも特に煌びやかな場所に出た。

まず目を引くのは、水路を引かれてつくられた湖。後宮内に舟でないと向こう岸に渡れないような湖があったのだ。その湖からは睡蓮が顔を覗かせている。まさに図書館で読んだ本で何度か目にした仙界を思わせた。

おそらくは、花仙信仰する者たちの想像する仙界を再現したものだろう。

しかも、その湖の中央には小島が浮かんでいる。

（後宮の中に湖があるだけでも驚きなのに、そこに小島を浮かべるなんて……）

紫蘭が呆気に取られている間に、扶朗が宦官の船頭に声をかけ、ふたりは舟に乗って湖の中につくられた小島へと向かった。

小島には豪奢な東屋があり、お茶会用の円卓が設えてあった。そこには既に着飾った女性が何人も座っているのが舟の上からも見て取れる。控えている宮女や使用人も女性しかいない中、ひとりだけ美丈夫がいた。

扶朗もまた美丈夫だが、彼が宦官ゆえの中性的な雰囲気なのに対して、小島の円卓に腰掛ける彼からはそういうものは見受けられない。

頬が削げてすっきりとした精悍な顔立ち、怜悧な切れ長の瞳。

どこかで見たことがある顔だと思いながら彼の顔を眺めていて紫蘭は気付いた。まだ成人してないがゆえにあどけなくふくふくとした頬をしている月季が大人になったら、ちょうど彼のような顔立ちになるのでは、と。

彼が、ずっと名前の出ていた石蒜だろう。

彼女がこの時代に落ちてきた時に助けてしまった、次期国王。

紫蘭は夢で見た、辺り一面彼を讃える石蒜の花畑になっていた光景を思い出し、自然と唇を噛み締める。善人だろうが悪人だろうが、彼だけは王にする訳にはいかない。

「表情は隠しておきなさい」

小さく扶朗が囁く。一生懸命舟を漕いでいる船頭にも聞こえない程度の声だった。

「それでも感情を抑えられないなら、せめて袖で口元を押さえなさい。そのための長い袖なのだからね」

「……わかった」

紫蘭が扶朗に連れられて舟から降り、船頭に礼をすると、船頭はそのまま舟に乗って元の船着き場まで戻っていった。お茶会が終わるまでは待機らしい。

船頭が立ち去ったところで、円卓の中でも特に煌びやかな雰囲気の女性が東屋から出てきた。

ふくよかではあるが、だらしなくは見えないという不思議な均衡の取れた体形の女性は、体から甘い匂いを漂わせていた。派手さはないものの、高貴な美しさが漂う彼女は間違いなく妃であった。

「ようこそ、第八花仙様。私は朱妃。このお茶会の主催者です。このたびは、我が殿下をお救いくださり、まことにありがとうございました。何度もご挨拶に伺いましたが、なかなかお目通りがかなわず、こうしてお呼び出しするような形になってしまい、申し訳ございません」

そう言って深々と礼をする。その丁重な態度に紫蘭は呆気に取られた。

今まで桂花や扶朗にさんざんおそろしいことを聞かされていたが、彼女の言動や態度からはそんな気配は微塵も感じられない。本当にいい人なのではないかと錯覚しそうになり、朱妃の世渡りの上手さを思った。

「石蒜は次期国王となる大切な身。万一のことがあったら……」

紫蘭がどう返答するべきかと迷っていた時「母上」とやんわりと声をかけてきたのが、石蒜であった。そのまま紫蘭の面前へと向かってくると、深々と頭を下げた。

「母上がいきなり失礼を致しました。まずはそちらの席にお座りください」

そう言って、紫蘭を円卓の上座の席に座らせると、石蒜はその横に立った。

「私が第八花仙様に助けていただいた石蒜と申します。本当に、どうお礼を申し上げたものか困っておりました……まさか第八花仙様がこんなに麗しい方だと知らず、言葉を失っております。かつて第八花仙様が降臨された際、若者を導いてくれたそうですが、私もそれにあやかりたいものですね」

頭を下げ澱みなくしゃべる石蒜の言葉のひとつひとつには、誠実さが滲み出ていた。本来ならばこの美丈夫っぷりと優し気な弁舌に、年若い女性であったら頬のひとつでも赤く染め上げるのだろうが。

紫蘭はどうにも違和感を拭えなかった。

(なんだろう……言葉が上滑りしているような気がする)

紫蘭が立て板に水のごとく延々と垂れ流される朱妃の言葉に困り果てているのを見かねて助け船を出すあたり、誠実な人柄はわかる。が、どうにもそれだけなのでは、という予感が付きまとう。

母親が違うとはいえ兄弟のせいなのか、外見も相まって口調こそは月季とよく似ているように思う。しかし月季は小柄で儚い雰囲気の少年ではあるが、彼は博識ゆえに、相当言葉を選んでいるというのが伝わってくる。しかし石蒜の場合は、その場凌ぎでそこまで深く言葉を考えていないように思えた。全体的に言葉に重みがなく、浅いように感じる。

（……桂花や扶朗からさんざんいろいろ聞かされているからって、先入観で判断しちゃ駄目か。どっちみち、ここで試されているのは彼だけでなく、私もなんだから）

紫蘭はそう思いながら、そっと袖で口元を隠して言う。

「いえ。私があの場に居合わせたのは、本当に偶然だから。どうか顔を上げて」

「ありがとうございます……どうぞこのお茶会を楽しんでいただけたらと」

そう言いながら、自分も席についた。

主催である朱妃が「どうぞ第八花仙様」と茶器にお茶を注ぐ。そこから嗅ぎ取れるふくよかな匂いから、ようやく紫蘭はこの辺り一帯に漂っていた甘い匂いはこのお茶の香りだったのだと悟った。朱妃にこのお茶の香りが移っていたのだろう。

「薔薇茶です。隣国から取り寄せましたの。健康にも美容にもよいので、ぜひとも第八花仙様に召し上がっていただきたくて」

「……ありがとう」

ひと口飲むと、ふくよかな匂いと一緒に苦みがじわりと口の中に広がる。これがおいしいのかどうかは、いまいち紫蘭にはわからなかった。桂花のつくる料理はおいしいが、それは彼女がわかりやすい料理をつくってくれているからだったのだと思い至る。正直、紫蘭には薔薇茶のよさがよくわからない。

用意されたひと口大の菓子も、薔薇茶と共にいただくが、やはりこれもおいしいのかどうか、いまいち紫蘭には理解できなかった。小さ過ぎてあっという間に食べ終えてしまうために、味わうほども量がない上に腹にも溜まらない。

とりあえず出されたお茶と菓子を食べていると「第八花仙様」と声をかけてきた妃がいた。

年は石蒜とほとんど変わらず、妃たちの中で一番若い。故に化粧も薄いが顔色はもっともよく、その溌剌とした空気を紫蘭でも感じ取れた。

（たしか一番若い妃が、星妃だったかな）

紫蘭が以前桂花から聞いた話を思い出していると、彼女ははきはきとした態度で挨拶をしてきた。

「私、星妃と申しますの。第八花仙様は百花国でなにかと人助けをなさっているでしょう？　その中で一番印象的な話ってございますの？　恋愛譚とか、いろいろ逸話を読んだり聞いたりしてきましたから興味がございまして」

そうキャラキャラとした声で言う。

（来たかあ……）

一見軽い話だが、彼女が求めているのは市井の人間がする世間話ではないだろう。

これは紫蘭に対しての揺さぶりであり、本当に紫蘭が花仙かどうか確認するために話を振ってきたのだ。

扶朗が警告した通り、妃たちも笑みを浮かべて「ぜひともお聞きしたいですわ」と乗ってきたのだから、彼女たちも花仙に対して造詣が深いであろうことは想像に難くない。

花仙が絶対にしないようなことを言ったら、一発で紫蘭が偽花仙だとばれてしまうし、当たり障りがなさ過ぎる話では妃たちは納得しないだろう。よくて後宮追放、悪ければ花仙を騙った罪で処刑だ。

紫蘭は図書館でずっと読んでいた花仙の逸話を思い返しながら、ちらりと隣に立つ扶朗を見る。くすくす笑いながらこちらを眺めてくる妃たちと違い、彼はあくまで落ち着き払った態度で、紫蘭にやんわりと促す。

「第八花仙様も、秘めた想いがあるでしょうから、あまり詳しく語らずともよろしいですよ。触りだけでも教えてくださったら嬉しいですが」

言外に「図書館で読んだ内容程度でかまわない」と助言をくれたことにほっとしながら、紫蘭は口を開いた。

「既に人間界に書物として残っていると思うけれど、そうだね……孝行息子と一緒に生活していた日々は楽しかった」

紫蘭はある話を思い浮かべながら口にした。

その話に初めて目を通した時に思ったのは、月季のことだった。天涯孤独の身でありながら勤勉さで己を助けてきた青年と、周囲は敵だらけの中、花蕾棟でずっと勉強をし続けていた月季は、背景こそ違うもののどこか似通っているように感じた。

「真面目でよく働くのだから、私がいなくなってもどうか幸せになって欲しいと願ったものだ」

「まあ……残りたいと思いませんでしたの？」

そう星妃に尋ねられ、紫蘭は笑った。

紫蘭は月季に王になって欲しい。最初は浮花族のためだけだったが、今はもう違う。あれだけ勤勉で穏やかで、世のことを憂いている少年に幸せになって欲しいだけだ。

彼はずっと勉強していた。最初はただ、知的好奇心が旺盛なのかと思っていたが、図書館で一緒に勉強しながら、それが違うということに気付いた。この国の地理を、文化を、人々の暮らしをずっと学んでいたのだ……この国をよくするために。

たとえ紫蘭が元の時代に帰ったとしても、彼の栄光が百年後にも届くようにと。

「彼の幸せが、私と一緒にいることとは限らないから。遠くから見守ることだって、愛情だ。これじゃあ駄目かな？」

紫蘭の問いに、妃たちから「ほう……」と声が上がった。

袖で口元を押さえながら、扶朗は頷いている。どうも紫蘭の回答は合格だったらしい。星妃はたおやかに笑う。

「それは……素晴らしい愛ですわね。答えにくい質問にお答えくださりありがとうございます。本当に第八花仙様は懐が深いのですね」

彼女が本当に紫蘭のことを信じたかどうかはわからないが、少なくとも表立って敵対する素振りを見せるつもりはないらしい。

するとまた「第八花仙様」と声をかけてくる妃がいた。

彼女はひとりだけ身長が高く先程紫蘭を迎えてくれた時に目立っていた女性だった。きりりとした目つきに、引き締まった体軀が美しい彼女は、その目の鋭さから明らかに武道を嗜んでいるように見えた。正直、彼女は妃の格好をしているよりも、いつか見た兵と同じく鎧を付けて馬に乗っていたほうが似合うように思えた。

(多分彼女が莉妃かな)

聞いていた妃の名前から当たりを付ける。

「お初にお目にかかります。私は莉妃と申します。先程は素晴らしいお話をありがとうございました。ところで話は変わりますが、第八花仙様は戦と狩りの花仙と伺ったのですが、実際の腕前はいかほどのものでしょうか？」

そう言って凛々しく笑う莉妃に、紫蘭はどうしたものかと考える。

(そりゃ私、小さい頃から弓矢を仕込まれてきたけれど……でも戦争を生業にしている人を納得させられるようなものなの？)

紫蘭の弓矢の技術はあくまで羊を守るために生活の中で自然に身につけたものであり、戦争のためのものではない。羊泥棒を射る時すら威嚇であり、相手を殺しはしない。

背後に控えていた下働きの少女が弓矢を携えてそれを紫蘭に差し出す。有無を言わさずここでやらせる気らしい。

紫蘭は弓矢を差し出した少女を見た時、一瞬「あれ」と思ったが、少女はきゅっと口を引き結んだまま話す余地がない。

紫蘭はとりあえず「ありがとう」と言いながら弓矢を受け取ったものの、彼女はなんの反応もしなかった。どうも第八花仙と話をすることは禁じられているらしい。ちらりと扶朗を見ると、彼は笑みを浮かべて小さく頷いた。やれということらしい。

「的はどこ？」

と、紫蘭が席を立って尋ねると、少女は黙ったまま自分の背後を指さした。彼女が指さした先を見ると湖のほとりに的が用意されていた。その周到さに紫蘭は苦笑する。

紫蘭は的の正面に立つと、下働きの少女に向かって「危ないから離れて」と言ってから、弓を構えた。普段使うものよりも引く力を要するのは、浮花族の使う動物の狩り用の弓ではなく、人間相手の戦争用のものだからだろう。

（たしかに少々硬いけど……やることは変わらないから）

神経を研ぎ澄まし、弓を引いて矢を放つ。矢は吸い込まれるようにして、ぴたりと的の中心に突き刺さった。妃たちは「ほう」と感嘆の声を上げる。

感心しているのは妃たちだけではなく、初めて見た扶朗や石蒜も同様である。そして武人家系の莉妃はというと、こちらも笑みを絶やしてはいない。

(これはどうなんだろう……納得してくれたのかな)

すぐに莉妃は、小さく拍手を送ってきた。

「素晴らしい腕前ですね。私も幼い頃から、父に武道をひと通り仕込まれましたが、初めて使う弓矢で緊張することもなくこれだけの腕前を披露できるとは……もうひと組弓矢があれば、ぜひとも的の射合い競争をしたかったところです……ああ、第八花仙様に対して失礼が過ぎましたね」

「いえ。私の腕で満足してくれたのなら、それで」

まだなにか披露しなければならないんだろうか。

最後の妃のほうになにげなく視線を送ると、彼女はあくの強い妃たちの中でも控えめな雰囲気の女性に見えた。

着ている着物も他の妃たちみたいに権力を誇示するような煌びやかなものではなく、髪形や着物の着こなし方も挑発的には見えない。ただ青白い肌といい、黒目がちの潤んだ瞳といい、世を儚んだ空気をまとっている。はっきり言って浮花族ではまずお目にかからない系統の女性であった。

なによりも異質なのは、他の妃たちは自己顕示欲が強いのに対して、彼女はあくまで庇護欲をかきたてる雰囲気があるということだ。既に紫蘭は、足の引っ張り合いのせいで、人死にすら出ていることを聞いている。そんな中この儚さでよく今まで無事に後宮にいられたなと、先程から他の妃たちの無茶ぶりにずっと対応し続けている紫蘭は思う。

その視線に気付いたのか、最後の妃はにこりと笑った。梅の花が零れるように。

「素晴らしい腕前でしたわ、第八花仙様」

まるで本当に悪意がないように振る舞うから、紫蘭は困る。彼女の言動は朱妃に近い。

「梅妃、先に名乗るのが礼儀ではなくて？」

そうやんわりと朱妃に窘められ、顔を赤らめて彼女は紫蘭に頭を下げる。

（なんというか……うちの一族には全然いなかった属性の人だから、扱いに困る。ぼんやりしているというか……ここにいる妃全員腹に一物抱えているんだろうなあとは思うけど、この人が一番訳がわからない……たしかこの人は商家出身だと聞いたから、この人だけ妃教育を受けていないとか？）

紫蘭がそう考え込んでいると、彼女は名乗る。

「わたくし、梅妃と申します。第八花仙様、仙界では天命を読むということを聞いたことがありますが、本当ですの？　その場合……石蒜様が次の国王になるのでしょうか？」

その言葉にお茶会の場が一瞬にして凍り付いたのを、たしかに紫蘭は感じた。

天命。天により定められた命運のことであり、花仙はそれを読むとされている。百花国で花仙信仰の厚い諸侯の中には、花仙を祀り天命を読む術を会得している道士もいることは紫蘭でさえ知っていた。

先程までにこやかに主催の役を務めていた朱妃がわずかばかり頬を引きつらせ、張本人である石蒜はあからさまに困惑の色を浮かべていた。他の妃たちは袖を口元で覆ってしまった。おそらくは見られたくない表情を浮かべているせいだろう。

紫蘭もまた袖で口元を覆いつつ、思わず呆れ返って梅妃を見た。が、彼女はおっとりとにこやかに紫蘭を眺めるばかりであった。悪意があるのかないのかさえ、いまいち判断が付かない。

（この人……石蒜の母親でもないのに、こんなこと言い出して大丈夫なの？　ここで私が『天命です』って言っても言わなくても、石蒜だけでなくここにいる妃たち全員の立場が大きく変わってしまうのに。それともなに？　朱妃からお茶会の主導権を奪いたいと思ったの？　そうだとしたらいくらなんでも浅はか過ぎない？）

梅妃の意図がさっぱりわからない中、たったひとりだけ日頃から表情を全く変えることのない扶朗が口を開いた。

「おそれながら、この場でいきなり第八花仙様にお尋ねになるには、いささか無礼が過ぎるのではございませんか？　天命を読むことで、人間界に強く影響を与えてしまうのは、第八花仙様も不本意でありましょうに」

扶朗の助け船に、紫蘭はほっとする。

「扶朗、私は気にしてないから」

紫蘭はそう言うと、首を傾げる梅妃に、やんわりと尋ねる。

「それより、あなたはどうしてそんなことを聞こうと思ったの？」

「だって、気になりませんの？　せっかく仙界からいらっしゃった花仙様を目の前にしているのに、皆さん花仙様のことを疑って試すようなことばかり。そちらの方がむしろ失礼ですわ。それならば、天命を聞くほうがよっぽど有意義ですもの。教えてもらえないなら、それまでですけれど」

この空気を一切意に介さず言うので、紫蘭は考え込む。

梅妃の言っていることは道理が通っているようだが、そこには何重もの意図が見え隠れする。彼女があまりにも儚く見えるせいで、他の妃たちよりも攻撃的に感じにくいだけだ。

（彼女、ただの考えなしで天命を聞き出そうとしてるんじゃない。もしここで答えられなかったら、こちらが第八花仙じゃないといちゃもんを付けられる。答えたら答えたで、後宮の政治的均衡が崩れる。彼女が後宮内の主導権を握りたいかどうかまではわからないけれど、少なくとも朱妃から主導権を取り上げられると、そう踏んだってところか……この人が一番厄介じゃないか）

彼女が庇護欲をかきたてる空気をまとっているのは、きっとそれで周りに勝手に罪悪感を与えて、攻撃を避けるためだ。これが彼女の後宮における処世術なのだろう。

紫蘭も後宮に入るまでは、腹芸なんてしたことがなかったが、ここでは妃たちが息をするようにそれを行うのだからぞっとする。ちらりと横目で扶朗を見るが、いつもの表情のままで、ちっとも紫蘭を見なかった。要は好きにしろということらしい。

しばらく考える素振りをしてから、ゆっくりと口を開く。

「そうね……天命は未だに定まってはいない」

紫蘭はじっと梅妃と朱妃を見てから、石蒜に視線を移す。彼は妃たちの会話に参加することなく、静かにお茶を飲むだけだった。主賓側にもかかわらず、まるで他人事のような顔をして。

今の時点で、妃たちは全員腹に一物あるのが確認できたのに、彼だけはなにも見えてこない。

扶朗の言う通り、ただの人形として朱妃の一族を栄えさせるためだけに存在する凡人なのか、それとも欲が全くない聖人なのかすら、今の紫蘭には判断ができない。

（……この人を王にしてはいけないってわかっている。わかっているけど）

彼を王にしないで済む一番簡単で確実な方法はひとつ——石蒜が死ねば、他の王子に王位継承権は移行する。だが、紫蘭にはそれでいいのかどうかわからない上に、月季を王にするのにその方法は向いていないような気がした。

（ただでさえ戦でこの国はくたびれているのに。今までと同じような方法で王位を獲って……それって本当に私の知っている百年後の世界に繋がるの？）

だからこそ、はっきりとしたことは言えなかった。紫蘭は石蒜を見つめながらきっぱりと言う。

「あなたが一度でも驕《おご》れば、あなたに刃が飛ぶ。あなたが誰かの傀儡になればたちまち国は傾く。あなたが本気で王を目指すというのならば、今の自分を捨てなければ無理。くれぐれも、今の安寧が長く続くと思わぬように」

紫蘭はちらりと妃たちの顔を盗み見る。袖で口元を隠して表情を読めなくしている妃たちがほとんどの中、ただ梅妃だけは、袖で口元を隠すことなく、にこやかに笑っていた。この本音が全くわからないところが、いっそう不気味に思えた。

しばらく沈黙が続いたが、ようやく石蒜は口を開いた。

「……ありがとうございます、第八花仙様。励みます」

その言葉は、最初に聞いた通り、紫蘭の中では音が美しいだけの、空っぽの言葉に思えて仕方がなかった。あまりにも他人言に聞こえたのだ。

ようやく、朱妃によるお茶会はお開きとなった。

朱妃はにこやかに笑う。

「なにからなにまで、本当にありがとうございます。第八花仙様……王太子への叱咤激励、感謝いたします」

「いえ、私はちっとも大したことは言っていない。それでは、私は帰るから」

「ええ、お気を付けて」

いつの間にか船頭が戻ってきており、紫蘭と扶朗を再び小舟に乗せてくれた。

そのまま舟は小島を離れたがふたりとも黙ったままだった。舟を降りたところで、ようやく紫蘭は体から力を抜いた。緊張で凝り固まった体が一気に緩む。

「お疲れ様です。王太子殿下への言葉など、本当に立派でしたよ」

扶朗が珍しくからかいのない声で言う。

「そうなのかな……余計なことを言ったのかもしれないと、気が気でなかったんだけれど」

「いえ、あなたは胆力がありますね。さすが殿下のお気に入り」

「それどういう意味なの……」

「言葉通りの意味ですよ」

扶朗はいつになく穏やかに笑いながら告げる。

「でもそうですね。これで妃の内の何人かは敵に回したのかもしれません。花蕾棟に護衛を回すよう手配しますから、紫蘭もくれぐれもお気を付けて」

「ちょっと……それ、どういうことなの」

自分の言ったことのなにが、妃を怒らせてしまったのだろうかと、紫蘭は頭を抱えた。

しかし、いいほうに捉えるならば、今まで警戒する必要がないからと、護衛のひとりすら付けられていなかった月季の住む花蕾棟に、ようやく護衛が回されるのである。

これは少なくともよいことと、納得することにした。


紫蘭が花蕾棟に戻って普段着に着替え終わると、本当に宦官詰所から数人の護衛が派遣されてきて、桂花が不思議そうな顔をして廊下を眺めていた。

お茶会で疲れ切った紫蘭のために、その日桂花が用意した夕食は茶粥であった。素朴な香りのお茶の匂いのおかげで、心身が削《そ》がれて食欲の薄れていた紫蘭でもかろうじて食べることができた。

「第八花仙様、お茶会は滞りなく済んだんですよねえ？」

「そのはずなんだけれど……扶朗が念のために警備を強化したほうがいいって。まあ……ここは護衛がないも同然で、今までこんなにゆるゆるだったほうがおかしかったんだと思う」

「うーん……」

廊下を見回っている護衛を眺めながら、桂花が首を捻った。

「そもそも月季様は王子なのに、今まで暗殺される心配がないからと放置されていたんですよね？　つまりいてもいなくても同じって扱いを受けてた……それなのに急に警備を固めるなんて、お茶会でなにかあったんですか？」

紫蘭はお茶会の内容を思い返して、ぶるりと震える。

（私の知っている歴史に繋げるためとはいえど、石蒜が王になるとは限らないって言ってしまった……王になるのは石蒜じゃないとはさすがに言えなかったけれど。それが妃たちを怒らせたってことなのかな……）

桂花は困った顔で、紫蘭の脱いだ着物を畳みながら、やんわりと言う。

「まあ……お茶会の詳細まではお伺いしませんけど。妃様たちに下に見られるよりは上等だったんじゃないかなと思います。あの人たち、隙あらば人を踏んづけたり蹴落としたりしようとしてきましたが、これでなにかありましたら、堂々と抵抗できますから」

「そういうもの？」

「そんなもんですよ。はい、おしまいです。それでは第八花仙様、今晩はごゆっくりおやすみなさいませ」

　桂花は紫蘭が食べ終えた空の食器を片付け、明日の着物の用意を済ませてから立ち去っていく。紫蘭は「おやすみ」と声をかけてから、寝台に寝転がる。

　今日はいろんなことがあり過ぎて、未だに上手く消化できていない。

　慣れない後宮風の正装に、経験のない腹芸までこなす羽目になった。話に聞いていたとはいえど、妃たちは全員が全員食わせ者だった上、当事者の石蒜が一番話が通じそうだったのはどういうことなのか。

（でも、なんというか石蒜……当たり障りのないことしか言えない感じがした）

　どうして彼の言葉があぁも上滑りしているのかと考えた結果、しゃべることひとつひとつに生死が関わっているせいで、当たり障りのないこと以外話すことを禁じられているのかもしれないと思った。

　それは前に扶朗が言っていたことでもあった。この後宮では、迂闊な発言ひとつで、簡単に人が死ぬ。死にたくないなら、言質を取られないように婉曲的な言葉を使うしかない。そして石蒜は、そういう婉曲的な言葉しか使っていないのだ。

（……たしかに、あそこにいる妃たちは全員食わせ者だったけど……それって石蒜の責任逃れじゃないの？）

彼を王にしてはいけない。それだけはわかっているものの、彼を悪人だと言い切れないのは、いないものとして扱われている月季と同じく、石蒜も存在をないがしろにされているという印象を拭い切れないせいだった。

浮花族はその日その日を必死に生きて、夜が来たらすぐ眠りにつく生活を送っている。本来ならくたびれている今夜は、すぐ眠ってしまいたいのに、どうも頭が冴えてしまってなかなか寝付けずにいた。何度も何度も寝返りを打ち、どうにかして寝ようとしていると。

奇妙な足音が聞こえることに気付いた。紫蘭は耳をそばだてる。

花蕾棟の他の棟と同じく部屋の扉は分厚く、本来ならば外の音はほとんど聞こえない。しかし、月季と共に騎射に出かけた際にも、兵の足音に真っ先に気付くような紫蘭だ。扉だけで音を防ぎきることは難しい。

最初は扶朗のよこした護衛だろうかと思ったが、それにしてはおかしかった。明らかに足音を殺して歩いている。紫蘭は後宮に来てからこっち、宦官や使用人たちの足音、桂花たち宮女の足音を聞いてきたが、そのどれにも該当しないのだ。

それどころか、それはひどく軽いものに思える。足音を忍ばせているからだけではなく、純粋に体重が軽いのだ。

やがてその足音はこの部屋の前で止まった。扉が音を殺しながらそっと開かれ、誰かが中に入ってきた。紫蘭は思わず寝具を足音の止まった方向へとぶん投げた。

「……!?」

闖入者が体に絡まった寝具をどうにか剝がそうとしている間にそちらへ移動すると、そのまま引き倒して、寝台の横の机に載せていた矢尻を侵入者の首元に突きつける。

「あなた、いったい誰？　誰の命令で私を殺しにきたの？」

暗闇の中、紫蘭はそう自分の下でじたばたしている刺客らしき者に尋ねるが、返事がない。

だんだん相手の暴れ方が、逃げ出そうとする様相とは異なってきたことで、ようやく自分が寝具ごと押さえ込んでいるせいで呼吸ができていないと気付き、慌てて「ごめん！」と寝具をずらし、思わず目を見開いた。

寝具の下にいたのは、お茶会で弓矢を紫蘭に渡した下働きの少女だったのだ。彼女は目を吊り上げて大声を上げる。

「第八花仙！　石蒜を王に推すあんたを絶対に許さない！」

彼女の怒声に、紫蘭は目を見開く。

「ええ？　私、石蒜を王になんて推してない」

思わず紫蘭が首を振るが、それでも少女の罵倒は止まらない。

「腹黒い朱妃も、事なかれ主義の石蒜も嫌い！　わたしたちの土地を奪った奴ら！大嫌い！」

「あなた……」

そこで紫蘭はこの下働きの少女について確信した。

今まで月季と一緒に見ていた異民族狩りで、住む場所を追われた一族の娘だ。日焼けした肌も、意志の強い目つきも、百花国の一般的な人々とは異なる。むしろ彼女の容姿は、紫蘭にとっては馴染み深いものだった。

「あなたもしかして、浮花族？」

彼女が少しだけ吊り上がった目を見開いた時だった。

どたどたと紫蘭の部屋に数人の人が入り込んできた。先頭で顔面蒼白になっているのは、白陽であった。護衛たちは、手に得物を持って少女を見下ろしている。

「第八花仙様、ご無事でしたか!?　大変申し訳ございません、賊を見逃して……！」

「すぐに賊を引き取ります！」

そのまま紫蘭の下敷きになっている少女を連行しようとしたので、紫蘭は手で少女を抱えたまま遮る。

「待ちなさい……！　この子は私が引き取ります！」

「なにをおっしゃっているのですか⁉　彼女は第八花仙様を殺害しようと……」

「……扶朗を呼んできてちょうだい。もし寝てたら叩き起こしてきて。この子の事情聴取は私と扶朗で行うから」

紫蘭からしてみれば、この浮花族の少女をそのまま兵の詰所に連れていかれる訳にはいかなかった。ようやく会えた百年前の同族なのだから。

（この時代の浮花族の現状を、この子から聞き出すしかない……でも、私がこの時代の細かい事情を全然わからないから、扶朗に補完してもらわないと……）

彼女はいったいいつから後宮で下働きをしているのだろう。現在の浮花族はどうなっているのだろう。疑問と不安が尽きることはなかった。

白陽は紫蘭に言われて、慌てて宦官詰所へと走っていったが、程なくして髪が乱れた扶朗を伴って戻ってきた。本当に就寝中だったのを叩き起こされたのだろう、いつもきっちりと着物を着こんでいる彼にしては珍しく、乱れた服装をしていた。

「いきなりのお呼び出しでしたので、失礼しますよ、第八花仙様」

「……来てくれてありがとう、扶朗。それで、彼女の事情聴取をしたいのだけれど」

紫蘭が少女を見下ろすと、少女はぎゅっと唇を噛んで、紫蘭も扶朗も殺してやると言わんばかりの目つきで睨みつけた。

扶朗が護衛の面々に「念のため、彼女を拘束しなさい。これから事情聴取をする」と言うと、紫蘭は彼を睨みつける。

「どうして！」

「これは彼女を守ることにもなるからですよ。自傷してしまわぬよう、腕を動かせないようにしなければ。あまり手荒なことはしないように」

結局少女は、跡が付かないようにという配慮から、布で後ろ手に縛られて、花蕾棟の空き部屋に連れていくこととなった。

ここは元々客人用の棟のため、空き部屋はいくつもある。おまけに扉も分厚いので、中に入れば同じ浮花族でもない限り、外から聞き耳を立てても中の話し声はまず聞こえない。

外に護衛を置いて人払いをしてから、やっと扶朗は口を開く。

「それで……第八花仙様を狙ったのは、誰の命令かな？」

少女は答えない。紫蘭はおずおずと扶朗に言う。

「この子、多分妃たちからはなにも指図されてないと思う。私が石蒜を王に推したということに怒っていたから」

お茶会の内容をどう思い返しても、紫蘭は彼を王に推した覚えがなかった。だとしたら、彼女がそう思い込むように仕組んだ人間がいるということになる。扶朗は顎を撫でる。

「ふむ……それで、一応ここに来るまでの間に確認したけれど、君は先日の異民族狩りで捕虜にされた際に、後宮に下働きとして入れられた朽葉族の子ということでいいかな？」

そう言った途端に、少女は縛られていてもなお噛みつかんばかりに暴れ、扶朗を襲おうとするので、慌てて紫蘭が彼女を抱き留めながら抗議の声を上げる。

「扶朗！　浮花族！　朽葉族じゃない！」

「失礼……でも確認した通り、君は異民族狩りに遭ったってことは間違いないね？」

「……うん」

紫蘭の腕の中で、ようやく少女は落ち着き、頷いた。その反応に紫蘭はほっとしながら、彼女に声をかける。

「あなたの名前は？」

「……波斯《はし》」

「私を殺したかったの？」

「……あんな奴を王にしたら、駄目だから。わたしたちは……羊を飼い、草原で生きてた……でもあいつらは、道をつくるためだけにわたしたちを追い出した……わたしたちはあいつらが軍を率いてやってくるたびに、何度も何度も逃げた……戦った人もいた……時にはちゃんと追い返すこともできたけれど……でも、それも長くは続かなかった」

波斯と名乗った少女が言葉を吐き出すたびに、その言葉のひとつひとつに怨嗟が交ざる。

何故、どうして、なんで、帰れ、還れ、かえれ……！

ぷるぷると震え、唇を噛み締める彼女を抱きかかえたまま、紫蘭は扶朗に訴えた。

「……この子の拘束を解いていい？」

「第八花仙様、彼女の事情聴取は終わっていません」

「いいから！」

紫蘭の言葉に、扶朗は溜息を吐きながら、波斯の拘束を解いた。

彼女はもう、紫蘭を襲おうとも殺そうともしなかった。ただ顔を覆って嗚咽を漏らしはじめたのだ。

「お父さんもお母さんも、皆、矢で討たれて死んだ……わたしの一族で生き残った人たちはばらばらに連れていかれた……わたしはまだ子供だからと後宮に入れられて下働きをしているけれど……皆生きてるのか死んでるのかすら知らない。わからない。あいつらは嫌い……自分のことしか考えてない奴らばっかりだから……。異民族狩りが成功した時に、あいつらは祝賀会を開いたの……貿易がまたしやすくなったって、儲かるって……ふざけるな。ふざけるな……皆嫌いだ……！」

波斯の叫びに、紫蘭はなにも答えることができなかった。

これは夢で見た、起こるかもしれない未来よりもなお質《たち》の悪い現実であった。紫蘭は自分より年下の少女の悲痛な叫びに、慰めの言葉をかけることすら躊躇っていた。波斯の一族はばらばらにされてしまった。本来ならば紫蘭ももっと怒るべきなのだが、既に波斯が泣きながら怒り叫んでいるのだ。一周回って、彼女は冷静になっていた。

ただ、怒りだけが彼女の中で静かに蓄積されていく。

一方、扶朗は通常通りの反応であった。淡々と波斯に尋ねる。

「それで第八花仙様を殺しにきたと？　つまりは君の独断専行であり、妃の誰かにそそのかされたとか、そういうことではないんだね？」

「そう。朱妃って女が第八花仙様の言葉は石蒜を王に推すという意味だったたって言ってたから、わたし……」

波斯の言葉に扶朗は更に質問を重ねる。

「ところで、君に朱妃様主催のお茶会で雑用を任せたのは、どの妃かな？」

紫蘭はその質問に意味があるのかどうかわからなかったが、黙って波斯を見る。と、波斯はじとっと扶朗を睨んでから、答えた。

「……わたしは普段、後宮全般の下働きをしているから、どの妃のもとで働いているとかはない。でも、あのお茶会で雑用をしろと言ってきたのは、梅妃」

紫蘭は目を見開く。扶朗は予想がついていたのか、驚いた様子もなく「なるほど、ありがとう」と答えた。

そのあと、波斯を兵の詰所に引き渡すか否か議論になったが、紫蘭は首を振って訴える。

「……この子を棟の外に出したら最後、また利用されるか、口封じで殺されるかもしれない。この子をここから出さないで」

「しかし第八花仙様、よろしいのですか？　彼女はいくら年端のいかない少女とはいえど、あなたを殺そうとしたのですよ。もしあのまま寝首をかかれていたら、どうなさっていたんですか？　そもそも、ここにお住まいなのはあなただけではなく、殿下もいることをお忘れなく」

扶朗の最優先はあくまで月季だ。それくらいは紫蘭も理解している。

「……わかっているから、余計に。月季だったら、絶対にこの子を見捨てない」

それには確信があった。

彼はただ怖くて戦を拒んでいるのではない。このまま戦を続けても、国が豊かになるどころか疲弊するだけだから、憂いているのだ。意味のない異民族狩りの被害者の波斯を、このまま放っておくとは思えなかった。

　紫蘭はなおも扶朗に訴える。

「この子を、花蕾棟付きの宮女にして。月季のではなく、私のよ。それなら仮に狙われるとしても私ひとり。文句ないでしょう？」

　扶朗はしばらく紫蘭と波斯を見比べていたが、やがて諦めたように嘆息した。

「……そうですね。棟所属ならば、なんとでも誤魔化せるでしょう。書類は適当に書いておくから、好きになさい」

「ありがとう……！　波斯、あなた今日からこの棟に住むの！　もう下働きとして硬い寝床で眠らなくっていいからね！」

「ええ？　えっ？」

　波斯はいきなり自分の身の振り方が変わったことに、気持ちが追い付いていないようだったが、今はそれで構わなかった。人間扱いされないと、人の背は丸まる。彼女はもう背中を丸めなくてもいい。

　彼女に個室を与えてから、そのまま宦官詰所に戻ろうとする扶朗が、辺りに紫蘭以外いないのを確認してから、小さな声で囁く。

「しかし……梅妃様がここで仕掛けてきたのが引っ掛かりますね」

「……あの、もしかしなくっても、私がここに来た際に石蒜に毒を盛ろうとした事件の黒幕は」

「あちらは物証はなにひとつ残しませんでした、取り調べした宮女も口を割らなかった。ですが状況証拠からすると彼女の可能性が一番高い」

あの男女問わず庇護欲をそそる女性が頭の中に浮かび、ぞっとする。宮女が最後まで口を割らなかったというものまた、梅妃に心を奪われてしまったからだとしたら、どうしようもない。あの、茶に毒を盛った宮女はなにも答えないまま、暗殺未遂の容疑で刑にかけられたと聞いた。本当にとかげの尻尾切りに遭ったのだ。

その後、波斯は梅妃により、お茶会での雑用を命じられた。本来ならば、紫蘭から石蒜を王に推すという言質を取り、それにより波斯が暗殺を実行するよう仕向けたかったのだろうが、紫蘭はそういう言い方はしなかった。

だから、朱妃が勝手に紫蘭が石蒜を王に推していると吹聴して回っているのを見せることで、彼女を動かすことにしたのだろう。

どこまで行っても、梅妃は直接手を下していない。これではいくらでも誤魔化しが利いてしまうし、扶朗による石蒜暗殺未遂事件の捜査が難航していたのも頷けた。

梅妃自身は虫一匹殺さないような顔をして、自分が有利になるように周りを操作するのだとしたら、なによりも質が悪い。

「私、梅妃がなに考えてるのかさっぱりわからない。こんなことして意味があるの？」

紫蘭の吐き捨てるような嘆きに、扶朗は冷静に説く。

「ひとつは、功を焦った。このままいけば、間違いなく石蒜様が王位に就くのが見えているから、王太子を推す第八花仙様が簡単に死んだと言い回って、天命は王太子殿下にあらずと触れ回る」

「でもそれは朱妃が邪魔するんじゃないの？　朱妃からしてみれば、他の妃を警戒しない理由がないんだから」

「ええ。間違いなく朱妃様が紫蘭を守るでしょうね。朱妃様は、お茶会という場をつくり、そこで第八花仙と王太子殿下の感動の対面という絵を多くの者に目撃させ証言者を得ることで、石蒜様の王位継承を確固たるものにしようとした。その構図を壊されることを、朱妃様は望んでいないでしょうから」

「本当に腹黒いな、梅妃も朱妃も」

「まあ、可能性のひとつですが。ただ、紫蘭が石蒜様をはっきりと推さなかったことで、目論みは外れました。ですから、朱妃様以外の妃たちはあなたが死ねば余計に天命は石蒜様にないとすることができる。しかし仮にそうだとしても、今まで表立って動かなかった梅妃様が波斯を差し向けた手口が雑なんです。現に彼女は梅妃様にちっとも心酔していませんしね」

　たしかに梅妃のやり口を考えると不自然にも程がある。

　全く口を割らず処刑された宮女と違い、波斯は梅妃に恩義も感じていなければ骨抜きにもされていない。現に波斯は、梅妃にお茶会の雑用をするよう言われたと、あっさりと白状した。

「もうひとつは、これは我々の意識を、本来の目的とは別のことに向けさせるための陽動の可能性です」

「我々って……私以外に、扶朗たち宦官を？　別のことって？」

「ええ。宦官詰所が月季殿下を庇護下に置いていることは周知の事実ですからね。我々の意識が第八花仙暗殺未遂事件に向いている間に、なにか企んでいるとしたら……この辺りは少し探ってみます」

　扶朗が宦官詰所へと帰っていくのを、紫蘭は不吉なものを感じながら見送った。

（……お茶会に行っただけだっていうのに、今日一日盛りだくさん過ぎるでしょうが。それなのに、更に厄介なことが待ち構えているっていうの……？）

　この胸騒ぎはいったいなんなのか、今の紫蘭は測りかねた。

花仙の号令と王の兆し

お茶会に暗殺未遂騒動、浮花族の置かれた現状。一日でそんなものを全部見聞きしてしまったら、さすがに豪胆な紫蘭でも動揺する。だが、それでも夜は明ける。

まともに眠れなかったため、紫蘭は桂花のつくってくれた朝食を食べながら、舟を漕いでいた。桂花は疲れている様子の紫蘭を気遣って昨夜に続き食べやすい玉子粥を出してくれたので、それをのろのろと口にする。

「二食連続お粥で、体持ちますか？」

「ありがとう桂花……なにも食べないよりはだいぶましなんじゃないかな」

「だとよろしいんですけど」

柔らかい食感に、口中に広がる旨味。なにかの出汁を使って炊いているらしいが、あいにく紫蘭には出汁の正体まではわからなかった。

「でも本当に大丈夫ですか、第八花仙様……昨日のお茶会の疲れがまだ取れないようですけど……やっぱりそんなにお茶会は荒れたんですか？」

夜は宮女の寝所に戻って寝ている桂花は、深夜の花蕾棟で起こった暗殺未遂騒動は知らないものの、宮女同士の噂話で既にお茶会の様子は聞いているらしい。紫蘭はお粥を匙ですくいながら頷いた。

「全員が全員腹芸をしていたから、本当についていくのに精一杯だった。ひと晩経っても全然疲れが取れないもの……」

「お疲れ様です」

「あのね、桂花に頼みたいことがあるんだけど。いい？　うちで棟専属の宮女を預かることになったから、面倒見てくれない？」

「へえ？　私がですか？」

桂花はみるみる顔を紅潮させていく。なにかおかしなことを言っただろうかと紫蘭は首を傾げたものの、すぐに彼女は嬉しそうに頷いた。

「私、後輩ができるのは初めてです！　精一杯頑張ります！」

「う、うん……よろしく」

波斯を呼んできてもらうと、彼女は強張った面持ちでやってきた。紫蘭が白陽に掛け合い、すでに彼女の体に合う宮女の着物を見繕ってもらっている。ずっと下働き用の簡素な着物を着ていたため、多少なりとも飾り気のある宮女の着物を着たことに、彼女も緊張しているようだった。紫蘭はにこにこと笑う。

「うん、波斯よく似合ってる。桂花、この子が面倒見て欲しい波斯。波斯、桂花はあなたの先輩宮女だから、仕事のことはなんでも聞いてね」

「はい！　私は桂花です！　それでは一緒にお仕事頑張りましょうね！」

「えっと……よ、よろしく……」

「はい！」

波斯は桂花の溌剌とした態度に戸惑いつつも、こくこくと頷いていた。紫蘭が食べ終えた食器を運ぶ桂花の後をとことこと付いていく様は、故郷で小さい女の子が更に小さな子の面倒を見ている姿を思わせ、どことなくほのぼのとした気持ちになる。

食事が済んだので、紫蘭は月季の部屋へと向かった。

普段であれば自分の部屋か渡り廊下で本を読んでいる時間だが、今日は渡り廊下で一生懸命素引きをしている月季を見て、彼女は少なからず驚いた。

「月季……珍しい。もう鍛錬していたの？」

「ああ、おはようございます、紫蘭」

彼が振り返って、いつものように礼儀正しく挨拶するので、紫蘭もそれに倣う。顔を上げた月季は、心配そうに紫蘭の顔を見上げた。

「昨日、なにやらあなたの部屋で騒動があったようでしたが、大丈夫でしたか？」

「ああ……」

そういえば、昨日のことを月季に伝えるべきか黙っておくべきか扶朗と話をしていなかった。だが、すでになにかあったことは知っているようだし、この棟に月季も住んでいる以上、いずれ波斯のこともばれる。紫蘭は困り果てながらも、口を開いた。

「うん、私は平気。それよりも、月季が朝から勉強や読書じゃなく、鍛錬をしていることに驚いたんだけれど」

「はい……」

月季は弓を引きながら言った。

前は少し弓を引いただけでもうくたびれてしまっていたのに、時間をかけて鍛錬を行ったおかげで、今はそれで体力を消耗することはない。

「ここは守りが浅いですから。あなたが自分の身を守れるようにと鍛錬を付けてくださったのに。僕は……あなたの部屋で騒ぎがあっても、怖くて動くことができなかった……そのことが悔しかったんです」

「月季……」

そんなの当たり前だ。そもそも王子は身の安全を最優先されるべきなのに、今まで放置されていた。ちょうど昨日から警護はついたものの、今までの甘さがあったからこそ、暗殺者の侵入を許したのだ。紫蘭だって人間相手に命の危険を感じたのは初めてだった。相手が波斯でなかったら、もっと大惨事になっていただろう。

月季は言う。

「有事の際に動けなければ意味がない。そのためには、ただ知識だけ深めるのでは駄目だと、改めてそう思ったんです」

「……そう、だね」

「もちろん、知識がなければ正しい判断は下せません。でも力がなければ有事の際に動けない。必要なのはどちらもなんでしょうね」

月季の言葉に、紫蘭は大きく頷いた。昨日の今日で、なにがどう変わったのかはわからないが、波紋が起きていることだけは、間違いない。

蝶の羽ばたきは、いつか嵐を呼ぶ。まだ羽ばたきは頰をかすめる風すら起こしてなくても、既になにかが変わっているはずなのだ。

ふたりでしばらく素引きをしていると、遠くで足音がした。やがて、渡り廊下にまでそれは届いた。

「失礼します殿下、第八花仙様。今日は外乗に出ていらっしゃらなかったのですね。助かりました」

扶朗である。いつも飄々としていて捉えどころのない人物だが、今日は珍しく額に汗をかいて走ってきた。昨夜といい今日といい、彼の調子を崩すなにかが蠢いているらしい。

「扶朗、おはようございます。朝から急いでどうしましたか？」

「ええ殿下。このところたびたびこちらに赴いて、慌ただしくて申し訳ございません。

さて、昨晩第八花仙様が襲撃に遭った件は、既に殿下もご存じでしょうか？」

扶朗の言葉に、月季の表情が厳しくなる。紫蘭も神妙な面持ちでふたりを交互に見た。

「ええ。護衛の者から聞きました。大変だったようですが……すみません。なにもできないで」

「いえいえ、殿下の御身を煩わせたくはございませんでしたし、殿下の部屋はあらかじめ警備を固めておりましたので」

そりゃそうかと紫蘭は思う。月季を第一に考えている扶朗が、紫蘭だけでなく月季の護衛についても配慮しない訳がない。

扶朗は「前置きはさておいて」と言ってから、ようやく話を切り出した。

「先日のお茶会で、若干不穏な動きがあったため、調査して、一旦そのご報告に参りました。このところの軍の不穏な動きも、少々気がかりでしたので」

「最近の過度な異民族狩りですね……西域との貿易行路の確保に努めるにしても、あまりにも過度なために、これ以上無謀な戦が続けば、国庫も逼迫《ひっぱく》するかと危惧していました」

そう切り返す月季に、紫蘭は驚いた顔をした。

（この間から一緒に図書館で本を読んでいて……続く戦がらみの利権で儲けている妃

たちの実家のことを把握しているのは知ってたけど……そこまで月季は読んでいたの？）

　知識だけでは駄目だと言っていたのは月季本人だが、本人は十分にそれ以上のものを持っているように、紫蘭には思えた。

　月季の言葉に、扶朗も「ええ」と頷く。

「それに、これ以上の過度な戦は、兵の士気にも関わりますから、危険です。近々、更に出兵することが決まったという情報を得ました」

「ちょっと待って！　国庫も兵も限りがあるっていうのに、これ以上無理な戦をする意味ってあるの？　いくらなんでも、ここまでお金も人もつぎ込んで戦を続けるなんて、ありえないでしょう？」

　まだ読み書きができるようになっただけで学の足りない紫蘭にも駄目だろうとわかる。実際に疲弊している兵たちを目にしたこともあるのだから、余計にだ。

　扶朗がそれに硬い口調で答える。

「ええ。これだけ国庫も兵も逼迫している状態だからこそ、貿易を活性化してこの国を立て直したい。そのためには次期王……王太子を貿易用の行路確保の異民狩りでお披露目するのがふさわしいと判断したんですよ、軍の上層部は」

　あまりにも頭の悪い考えに、紫蘭は言葉を失った。

（無茶苦茶じゃない……石蒜本人はともかく、彼を取り巻いている人たち全員、誰ひとりとして、国の状況も兵の顔色も見ていない……あんなぼろぼろの状態、いつまでももつ訳ないでしょう？）

紫蘭が絶句していると、月季もまた険しい表情を浮かべる。

「……まだ、異民族狩りをするつもりなのですか？　もう異民族狩りなどせずとも、西域までの行路はなんの問題もないはずですが」

「ええ……お茶会の時の、揺さぶりが効いたようですね。梅妃様が朱妃様を煽った結果、第八花仙様の名を引き合いに出して、選ばれし王太子、次期王石蒜として初挙兵、初指揮をして実績を積ませるつもりなのです。王はまだご存命なのですがね」

「ちょっと待って。それ、どういうこと？　私、昨日のお茶会で一度たりとも石蒜が王にふさわしいなんて言ってない！」

紫蘭からしてみれば、寝耳に水である。

第八花仙を政治的に利用しようという魂胆が見え隠れするせいで、宦官側が一切接触を断っていたのに、急に朱妃主催のお茶会に行くことになったと思ったら、紫蘭の言った言葉を自分たちに都合のいいように切り貼りして周りに触れ回る。本当にどういう了見なのか。

扶朗も「わかっていますよ」と頷く。

「おそらくは朱妃様は、本来ならば第八花仙様から言質を取った上で、石蒜様を、八花仙に選ばれし王太子として盛り立てたかったのだと思います。だがしかし」

「……梅妃様に出し抜かれたということでしょうか」

話を黙って聞いていた月季が口を挟み、紫蘭ははっとする。

本来、紫蘭に「石蒜が王にふさわしいか否か」を聞くのは朱妃の役割なのに、どうしてあの場でいきなり梅妃が口を挟んできたのか。

扶朗はそれに答える。

「梅妃様は逆に、第八花仙様から王太子殿下は王にふさわしくないという言質を取りにきたのです。それで朱妃様を激高させ、彼女が強硬策に出るように仕向けたというところでしょうか」

紫蘭はあのたおやかな梅妃の笑みを思い浮かべる。

莉妃と星妃が紫蘭を試すような行動ばかり取る中、実は彼女だけはお茶会の主導権を握ろうと立ち回っていた。

直接的なことは一切言っていないにもかかわらず、お茶会を掌握しようとした彼女の手腕にぞっとする。しかも、石蒜が王になることを望んでいない波斯を茶会に同席させ、波斯は紫蘭を暗殺しようとした――どこまで先読みをしていたのかまではわからないが、わからないからこそおそろしい。

そのとき、使いの宦官が足早にやってきて扶朗に耳打ちした。扶朗は「ちょっと外します」と珍しく焦った様子で出ていったかと思うと、すぐに戻ってきて硬い口調で話し出す。

「たった今、朱妃様から第八花仙様に対してお見舞いの品が届きました。客人用棟で暗殺未遂の騒動があったことを、嗅ぎつけたようです。そして『第八花仙様に仇なす朽葉族は全て討伐するように』と軍に命じたのでご安心を、とのことです。第八花仙に恩義のある王太子殿下のお披露目として、浮花族討伐を行い、西域を平定するつもりなんでしょう。まずいことになりましたな」

「……！」

紫蘭は血の気がすっと引いていくのを感じた。

今までは、本来は死ぬはずだった石蒜を助けてしまったものの、いきなり浮花族が滅びるようなことはないだろうと高を括っていた、いや、そう思い込もうとしていた。

蝶の羽ばたきが嵐を起こす一因だといっても、最初の小さな羽ばたきは誰もわからないし、認識することすらできない。だが。

紫蘭が祖母から聞いていた浮花族の悲惨な話の中でも、第八花仙に仇なした結果、王太子が恩義を返すために襲撃してきた話なんて、聞いたこともない。

（私が……私が日和《ひよ》ったからだ。どうにかなると思って……石蒜が生きていたとしても、月季が王にさえなれば、どうとでもなると思っていたのに。やっぱり……やっぱり私が彼を、殺しておけばよかったんだ……！）

紫蘭の体に悪寒が走る。その震えを止めようと彼女がぎゅっと自分の腕を摑んだ時。

ふいに彼女の腕に手が伸ばされた。紫蘭ははっとして見下ろす。月季が気遣わし気な顔をして、彼女の腕を摑んだのだ。

「大丈夫ですか？　先程から顔色が優れませんが」

「……大丈夫。平気だから」

紫蘭はどうにか自分を励ますように、そう口にする。

扶朗は、辺りを憚るように小さな声で言う。

「とにかく、今回の話はいささか度が過ぎています。今回の異民族狩りは第八花仙様に仇なす民族を成敗するという大義名分があります。しかし、このまま放置しておけば、郁金香国から異民族保護の名目でこちらが宣戦布告を受けてもおかしくないのです」

それは前々から月季も言っていた話だ。

現在、迫害されている遊牧民族、騎馬民族は百花国の西方に位置する大国、郁金香国に避難している上に、彼らはそれを受け入れていると。このところの過度な異民族狩りで、避難が続いている。これ以上続ければ、いくら大国同士で揉めたくないとはいえど、郁金香国も動かざるを得なくなるだろう。

「こちらはどうにか討伐令を止められないか、根回しをしてみます。第八花仙様、人間界が心配なのは理解できますが、くれぐれも無茶をなさいますな。これは決してあなたのせいではありません」

扶朗はいつになく紫蘭を慮るようにそう言うと軽く目配せをした。

あの危険なお茶会に出て、石蒜が次期王にふさわしいという言質を取ったように工作されただけでなく、紫蘭のためにという理由で彼女の一族が滅ぼされようとしている。だから、扶朗は紫蘭が責任を感じて、なにか行動を起こさないよう釘を刺したつもりなのだろう。

(でも……)

本当になにもしなくていいんだろうかと、紫蘭は迷った。

(なにができるかはわからない。けど……百花国は思っているよりもずっと花仙信仰が厚い。だから第八花仙はこの戦争を望んでいないと言えばなにかが変わる……かもしれない)

「紫蘭?」

こちらを心配そうな顔で見つめる月季に、紫蘭ははっとした。

「大丈夫ですか? 異民族狩りが続いて気がかりなのでしょうが」

「え、ええ……大丈夫」

（……月季を巻き込む訳にはいかないか）

一日や二日で、浮花族の討伐が終わるとは思えない。彼らは遊牧民族ながら、女子供全てが騎馬を覚え、弓矢を手習いとして学ぶ一族だ。なによりも、紫蘭の時代よりもよっぽど争いの多い時代を生きている人々だし、波斯も何度かは兵士たちを追い払ったと言っていた。紫蘭が間に合えば、戦争を止められるかもしれない。

扶朗が立ち去り、いつものように月季と鍛錬に励むが、気が気ではなかった。

食事や着替えの際に、桂花の傍には波斯が控え、彼女が一生懸命波斯に仕事内容を教えているようだった。

桂花が初めてできた後輩の面倒を一生懸命に見ているのにほっとしてから、紫蘭はひとつ、心に決めた。

夜、後宮内は静まり返っている。棟を護衛する者たちの足音が響くのを耳にしながら、どうにかしてやり過ごし、紫蘭は部屋の窓から飛び降りた。

背中には弓と矢筒。袖には矢尻。手には馬具を携えている。本当だったらもっといろんな準備が必要なのだろうが、彼女は戦に行きたいのではなく、戦を止めたいのだ。この格好で十分だろうと思って、そのまま走り出す。

警備の隙をついて、そのまま厩舎まで一気に駆け抜けようとした時、そこに既に先客がいることに気付き、思わず壁面に隠れた。

こんなところで明かりを持っていたら、警備の者にばれてもおかしくないというのに、その人物は明かりが漏れぬよう布で光を絞りながら、馬に一生懸命馬具を嵌めていた。

「……こんな時間に起こしてしまって、申し訳ありません」

そう馬に謝る声に、紫蘭は驚いて目を見開いた。

「……月季、あなたこんなところでなにやっているの？」

思わず声をかけると、ビクンと肩を跳ねさせて月季は紫蘭のほうを振り返った。寝間着からきっちりと着物に着替え、背中に矢筒と弓を背負っている。未だに身長は紫蘭よりも低く、優し気な少年という雰囲気は拭い切れてはいないが、それでも最初に会った頃にはなかった、凛とした眼差しをしていた。

紫蘭と目を合わせ、少しばかりほっとしたように息を吐き出した。

「紫蘭ですか……兄上を止めたいと思ったんです。扶朗がわざわざ僕たちに、異民族狩りの情報を流してきたのは、きっとこうなってくれると予想していたのでしょうから」

「……ちょっと待って。あなたが直接行くつもりなの？」

「そういうあなたも、兄上を止めたいのでしょう？」

どう考えても騎馬の準備をしているのを指摘され、紫蘭は押し黙る。

「この戦が私の名のもとに行われるのなら、私が止めるべきだとそう思ったの……今まで、いろんなことを見て見ぬふりをしてきたから」

「それは兄上のことですか？　それとも後宮内のことですか？」

月季に尋ねられ、紫蘭は思案する。

紫蘭からしてみれば、この時代は百年前の世界であり、そこで起きている出来事がいまいちピンと来ていなかった。わからないことが多過ぎて、下手に触ると彼女の帰るべき未来にどう作用するかわからず、触れるのを躊躇っている内に、いろんな方向に飛び火してしまった。

あくどい妃たち、人形のように扱われる王族、力も後ろ盾もなさ過ぎるためいないように扱われる月季……。なにもかも、紫蘭が見て見ぬふりをしてしまったものだった。

結局は浮花族のために月季を利用することになってしまうとしても、扶朗のように彼を害するもの全てから守るようにすればよかったのに、それすらしなかった。

「全部よ。私、第八花仙なのに、なにひとつまともにできてない。駆け引きなんてわからないし、政治なんてもっとわからない。でもわからないからって、なにもしないでいい理由になんてならないでしょ？　だって、なんの大義もない戦をこれ以上続けて、いろんな人たちから恨みを買って、なんになるっていうの？」

政治なんて賢い人に任せておけばいいと、紫蘭は思っている。百年後の浮花族の中で過ごしていた時は、そういうことは全て族長に任せてきたし、それで安心して生活できた。

だが、どう考えても国王が人形のような状態で、人形遣いたちが人形を取り替えながら自分たちにだけ都合のいい政治を行っている百花国の現状を、よしとすることはできない。そもそもお茶会に参加していた石蒜から、なんの意思も汲み取ることができなかったのがおかしいのだ。

（……私が日和見したせいで、浮花族が滅ぼされるなんてこと、絶対に許せない）

全ては百年後の未来に繋がっているというのに。

石蒜を助けてしまったのが原因で、この戦争が起こったというのなら、紫蘭の知っている歴史から外れようとしているのなら、紫蘭はその責任を取らなければならない。

彼女は馬に馬具を嵌め、餌を与えて「今からちょっと走るけど、いい？」と鬣《たてがみ》を撫でつける。馬がブルンと頭を震わせた。

（私に、彼を殺せるの……？）

自分に問いかけても、答えは出せなかった。

「紫蘭」

ふいに優しく月季に声をかけられた。彼は凜とした佇まいのまま、馬に乗った。

わずかな月の光を背にしたその姿は、ずいぶんと様になっていた。紫蘭が祖母から寝る前に聞かされた賢王月季の物語の彼とはまだ雲泥の差があるが。

「なにをそこまで迷っているのかは、残念ながら僕にはまだよくわかりませんが。大丈夫ですよ」

「なにが？」

「あなたが僕に力を与えてくれた。あなたがくれた力は、僕が振るいます。あなたがもし迷うんでしたら、僕が導きます……今は、この不毛な戦を止めましょう」

紫蘭は月季の言葉のひとつひとつに、ただ息を呑んでいた。

ほんの少し前まで、儚いだけの王子で、言葉にそこまで重みがある少年ではなかったというのに。毎日会って話をして、共に体の鍛錬と勉強に励んだけれど、彼の成長を紫蘭はすっかりと見落としてしまっていた。

……いや、彼は既に理解していたのだ。

王が妃たちの操り人形のままでは、百花国そのものが危ないのだということを。ただ、彼にはそれを理解できるだけの頭のよさはあっても、それを言い出せるだけの胆力も後ろ盾もなかっただけだ。少なくとも彼に一歩踏み出す力を与えたのは、紫蘭に他ならない。

背筋を伸ばして正しいことを行うには、正しいと言い切れるだけの力が必要なのだ。

紫蘭は深く頷いた。

「……急ごう」

ふたりはそのまま馬を走らせた。

普段であったら門番により封鎖されているはずの北門が、その時に限って開いていた。後宮でこんな不用心なことはありえない。

（もしかすると、裏から扶朗が根回ししたのかもしれない）

現に後宮を完全に出るまでの間、明かりが途切れることはなかった。

そのまま郊外に出て、馬を走らせていく。

「浮花族は、基本的に夜明けと共に移動する。それまでは寝ずの番の人たちがいるし、有事の際には女子供も武器を取って戦う。おまけに明かりなしでも夜目が利くから、夜闇に紛れて襲撃なんて馬鹿な真似をしたら、鍛錬を積んでいる正規軍人であったとしても、無傷では済まないと思う。ましてや今回は石蒜の初陣なんだから、余計に無謀な襲撃はしないはず」

紫蘭の説明に、月季は眉を寄せる。

「……仮に八花仙が浮花族を襲撃するのでしたら、いつ仕掛けますか？」

月季の言葉に、紫蘭は少しだけ考える。本物の八花仙の考えは知らないが、自分だったら仕掛ける時間なんて決まっている。

「夜明け。まだ空が金色の時間に狙いを定めて仕掛ける。いくら目のいい浮花族であったとしても、夜の闇に慣れた目が眩しさで唯一利かない時間帯の襲撃には対応できないから。石蒜に入れ知恵をしているのが誰かは知らないけど、相手が簡単に迎撃できない時間帯に狙いを絞ると思う。石蒜に手柄を取らせようとするんだったら、余計に」

「だとしたら、夜明けに襲撃できる地点で布陣をしているでしょうね」

月季は片手で手綱を握ったまま懐からなにかを取り出したと思ったら、月明かりで地図を確認する。

「このまま、南西に向かって走りましょう。それで兄上たちの野営地点に合流できるはずです」

「うん……」

そのまま馬を走らせる。紫蘭でさえ夜間に馬をこれほど乗り回したことはない。普段だったらこれだけ走ればくたびれて休憩を挟むというのに、今はそのわずかな時間すら惜しかった。

だんだん、人の気配が濃くなってきた。野営地点が近いのだろう。槍を持った見張りがいたが、当然ながら馬が二頭走ってきたことに驚き、大声を張り上げた。

「止まれぇ！　貴様ら、いったい何者だ!?」

野営の見張りが、後宮内に住む人物や、ましてや客人の顔を知っている訳がない。紫蘭がちらりと月季を見ると、彼は凜とした佇まいを乱すことなく、見張りに告げる。

「私は後宮に住まう王子月季と申します。そしてこちらは、第八花仙。兄上にお目通し願いたく思います」

「王子と第八花仙……？　嘘をつくな……」

「至急兄上にお目通りしたく思います」

月季の言葉には、有無を言わせぬ力が宿っていた。

まだ出来上がっていない、小柄な体軀。紫蘭よりも背丈は低いが、それでも見張りを怯ませるには十分な威力があった。

「ほ、本当に？　どうしてこのような場所に……？　少々確認を」

見張りは確認に走っていった。

口から出任せの詐欺師だと、その場で拘束されずに済んでよかったと、紫蘭はほっと胸を撫で下ろす。

「すごいね、月季。見張りを黙らせるなんて」

紫蘭が素直に褒めても、月季は厳しい顔のままだった。

「いえ、問題はここからです」

「石蒜が会ってくれるかどうか？　そっか、ここの責任者は石蒜だもんね」

「いいえ。兄上に直接報告が上がるようなら、兄上でしたらすぐに会う用意をしてくれるでしょうが。問題は兄上に話が上がる前に阻止された場合です……朱妃が兄上に異民族狩りで戦果を上げさせようとしているのですから、ここは朱妃の一族が参謀という形で入っていてもおかしくはありません」

「あ……」

朱妃が将軍家出身だということは、桂花からも聞いている。もし戦争を止めるような言動を取る者が会いにきたら、それも石蒜と王位継承権を争うような立場の者――たとえそれが継承順位の一番低い、後ろ盾のない立場の人間だとしても――がお目通りの申し立てをしてきたとして、果たしてそれに応じるだろうか。

その答えに気付いた時、複数の兵たちがやってきて槍を構え、紫蘭と月季の首筋に当ててきた。

「馬から下りろ！　今すぐにだ！」

後方には弓矢を構えた兵士たちまでいる。仮に馬に乗ったまま逃走しようとしたら、そのまま射ち殺すつもりだ。

紫蘭は背の弓矢で抵抗しようとしたが、月季が「紫蘭」と諫める。

「言う通りにしましょう。僕たちは兄上にお目通りに伺ったんです。戦局を混乱させにきたのではありません」

「でも……！」

「……彼らを傷付けたら、騒ぎが大きくなるだけです」

そう切々と語る月季に、紫蘭は唇を嚙み締めて、馬から下りた。兵士たちはふたりに縄をかけ、拘束する。

そのまま「ここにいるように」と小さな天幕に連行された。

その天幕は小さいが比較的小綺麗で、兵士たちの待機場のようだ。紫蘭は拍子抜けした。

「……私たち、どうなると思う？　なんか思っていたほど扱いがひどくないというか」

むしろ外乗に何度も行った際に目撃した背中を丸めて歩いていた兵士たちのほうが、よっぽど扱いが悪かったように紫蘭には思えた。その問いに月季は答える。

「おそらくは、現場が混乱していて、僕らの身元が確認できないのだと思います。現場で実権を握っているのはおそらくは朱妃の兄上……朱将軍かと。彼が情報を塞き止めていたら、兄上も僕たちがここに来たことを知らないはずです。僕を始末するにしてもしないにしても、身元を確認しなかったら後でどんな影響があるかわかりませんから、今それを判断しようとしているのでしょう」

「それこそさあ……後宮で今、一番権力あるのって、朱妃だよね？　その朱妃の兄の朱将軍だったら、朝廷でもかなり発言力があるだろうから、私たちを殺しても、そのまま揉み消しちゃえばいいだけじゃないの？」

「いや、状況証拠しかないために、兄上の暗殺未遂騒動にも決着がついてないでしょう？　今の百花国はなにが引き金となって大惨事が起きるかわからない。ですから、僕と紫蘭の正体がわかるまでは、生かすも殺すも決めかねているということです」

「なによりも」と月季は続ける。

「あなたの存在で、余計に現場は混乱しているんだと思います」

唐突な指摘に、紫蘭は目をパチパチと瞬かせる。

「え、私……？」

「はい」

月季の言葉は、紫蘭を責め立てるものではない。むしろそれは彼女を慈しむようなものだった。

「あなたが第八花仙だという証拠はなにもないですが、第八花仙ではない証拠もありません。ないものをないと証明するほうが、ないものをあると言い張る、あるものをないと証明するよりも、よっぽど難しいことですから。朱妃はあなたのことがなにもわからないまま、兄上に天命を与えた恩人として祀り上げてしまいました。ですから、あなたの存在を否定することができないんです」

「あ……！」

朱妃は扶朗のついた嘘を利用して、石蒜を花仙に選ばれし王太子にするために紫蘭を祀り上げた上に、今回の戦争の口実にまで仕立て上げた。いまやそれが逆に、紫蘭にとって好都合となっていた。

第八花仙の存在を戦争の大義名分にした以上、今更否定はできない。つまりは第八花仙を名乗っている紫蘭を、むやみに害することができない。

「だとしたら、このまま石蒜のもとまで走れば、話を聞いてもらえるのかな？」

「……ちょっと待ってください。紫蘭、なにをするつもりなんですか？」

紫蘭の言葉に、月季は少しだけ口元を引きつらせる。常日頃穏やかな物腰の彼も、こんな顔をするんだなと感心してから、紫蘭はにっこりと笑った。

幸い縄は両腕ごと体を縛っているだけだったので、手首を動かすことができた。紫蘭が器用に手首を動かして袖から取り出したのは矢尻。元々浮花族は有事の際には自分で木の枝に矢尻を付けて矢をつくり、弓に番える。日頃から矢が足りなくなった時に備え、その材料を持ち歩く習慣は、後宮に落ちてきて以降も抜けていなかった。

紫蘭は矢尻で自分を拘束している縄を細く裂いて解くと、そのまま月季の拘束を解く。

月季は少し驚いた顔をして、拘束されていた手を握って広げてを繰り返した。多少縄の跡は付いてしまっているが、動かすのには支障はない。

紫蘭は手に矢尻を持つ。

「これ以上ここで待っていても埒が明かないし、もうすぐ夜明けが来る……多分もうちょっとしたら進軍すると思うから。その前に石蒜に会いにいこう」

「待ってください、兄上のいる場所がわかるんですか？」

「うーんと、なんとなく？」

そう言って誤魔化したものの、紫蘭は連行された時にいくつも設営されていた天幕を見て、なんとなく察したのだ。百花国の従軍用と遊牧民の住居用と違いはあれども、一番偉い人間のいる天幕の位置はあまり変わらないと。

紫蘭たちが入れられた天幕は、浮花族の族長護衛が寝泊まりする天幕によく似ていたのだ。紫蘭の父が定期的にそこに泊まり、他の護衛と交代で族長を守っていた。だから紫蘭たちがいる天幕も本来は寝ずの番を務める兵士たちの詰所だろうと察したのだ。

つまりは、護衛対象である石蒜のいる天幕に近いはずだ。朱妃の一族の人間が石蒜を移動させるにしても、他の兵士たちの混乱を避けるために、これ以上の大事《おおごと》にしたくないのだろう。現に第八花仙を巡って揉め、場が混乱しているからこそ、紫蘭と月季を即刻処刑という方向には働かなかった。

紫蘭は天幕の入り口に、耳をくっつける。見張りの声がふたつ。見張りさえ突破したら、あとは石蒜のいる天幕まで走ればいい。

月季のほうを振り返り、小さく言う。

「石蒜に会いにいこう。ここに残ってても、浮花族狩りがはじまってしまうだけだし」

「……そう、ですね」

最初こそ紫蘭の突然の暴挙に目を白黒させていた月季だが、今はもう表情を引き締め、覚悟を決めた顔をしている。

「……このままじゃ、兄上も、百花国も大変なことになりますから……それだけは阻止しないといけません。紫蘭、僕を兄上に会わせてくださいますか？」

そういえば、と紫蘭は思う。元々月季は、紫蘭より先に浮花族狩りを止めようとしていたのだ。その理由をまだ彼女は聞いていない。

（……石蒜と一緒に聞けばいいか）

紫蘭はそう心に決めてから、月季に囁く。

「私がこの前にいる見張りの注意を引くから。その間に手前にある大きな天幕まで全力で走って」

「……紫蘭を置いて、ですか？」

「私、これでも強いから。大丈夫」

そうは言ったものの、紫蘭も大勢で羊泥棒と戦ったことはあるが、たったひとりで兵士たちを相手にしたことはない。大丈夫かと問われて、紫蘭は矢尻を強く握った。

（……できるかできないかじゃない。やるかやらないかだ）

紫蘭が天幕の入り口の布を強く捲り上げる。と、驚いたように見張りが振り返った。

「貴様……！　いったいどうやって……！　ぐっ……！」

迷わずに顎を蹴り上げると、見張りの槍を持つ手に向かって矢尻を突き刺す。相当痛いと思うが、致命傷にはならないはずだ。

「不審者が脱走！　すぐに捕縛を……！」

「殺すのは!?」

「ならん！　片方は王子だ！」

「女の方は!?」

「花仙……いや、わからん！」

一瞬にして辺りは騒然として、寝ずの番を務めていた兵士たちが、次から次へと紫蘭と月季を取り押さえに走ってきた。それを見て紫蘭は「ちっ」と舌打ちをした。

「いったい、どれだけ隠れてたっていうの……！」

紫蘭は向かってくる兵士に飛び蹴りをし、矢尻で鎧の境目を突き刺し、応戦する。紫蘭が強いのではなく、そもそも兵士たちの練度が高くないことが、余計に彼女を苛立たせた。

(なんなの……！　百年後の羊泥棒のほうがよっぽど強かったし、油断してたら殴られてもおかしくなかったのに……！　そんな人たち集めて戦争をしようだなんて、ばっかじゃないの!?)

紫蘭は苛立ちながらも、月季の走る先を見る。

月季は必死で走っていた。小柄な上に、拘束された時に弓矢も奪われている。油断した兵士が丸腰の月季を捕らえようと走ってくるが、取り囲まれても小さな体を生かして隙間から逃げてしまうために、捕まえることができないでいる。紫蘭とずっと鍛錬を続けていたおかげで、彼は体力も胆力もしっかり身に着けていた。

紫蘭は向かってくる相手の手を矢尻で突き刺したり、顎を殴ったりはしたが、致命傷は与えなかった。既に石蒜のことで、彼女も懲りていたからだ。

(石蒜が生きているか生きてないかの違いで、私の知っている歴史が大きく変わりかけているのに、ここで下手に生死に関わることをしたら、本当の歴史をどう左右するかわからないじゃない……！）

紫蘭は必死で襲い掛かってくる兵士を蹴りながら、月季を止めにいこうとする兵士に矢尻を投げつける。

「こ、の女……！　本当になんなんだ……！」

「第八花仙紫蘭。義があって、王子月季に加勢している……！」

大嘘をついて、乱闘に動揺を走らせることしかできない。だが実際、その言葉に、動揺が走りはじめている。

後宮の外で、紫蘭の話がどこまで伝わっていたのかはわからない。ただ、今回は朱妃が第八花仙の名により石蒜を選ばれし王太子として祀り上げ、挙兵したはずなのだが、それは以前からあった花仙信仰を利用したものなのか、後宮に第八花仙が降臨したことまで伝えて行っていたことなのかさえ、紫蘭は知らない。

周りがだんだん動揺し、紫蘭と月季を止めようとする動きが鈍くなってくる。

とうとう、石蒜がいるはずの天幕の見張りまで出てきた。

「いったいなにをやっている！　王太子殿下の御前で、この騒ぎはなんだ……！」

「それが……王子と第八花仙を名乗る女が、逃亡して……」

「はあ……？」

出てきた仰々しい鎧の男の顔は、初めて見るにもかかわらず見覚えがあった。

この男をもっと若々しくしてふくよかな体形にすれば、朱妃に似ているのだ。年頃からして、おそらくは朱妃の兄弟で、石蒜の伯父であろう。

見張りの様子に、紫蘭もだんだんと状況が呑み込めてきた。

（本当に……私たちのことは石蒜の耳に届かないように、朱妃の息のかかった兵士のところで情報が塞き止められてたんだ。だから第八花仙の名前を出された途端に動揺したんだ……本当に、本当にくだらない）

だんだん動きの鈍くなってきた兵士たちの群れから抜け出し、紫蘭は月季を捕らえようとしている兵士に飛び蹴りをして倒すと、助け出した月季に耳打ちする。

「月季、もうこのまま石蒜の天幕まで走って」

「紫蘭は……どうするおつもりですか？」

「私、あの人たち……ここにいる兵士の人たちと話をしたい。見ている限り、まだこちらの話に耳を傾ける余地はあると思うから」

月季は少しだけ押し黙ると、紫蘭の耳に口を寄せる。

「あまり無理をしないでくださいね。兄上の前で、落ち合いましょう」

「……うん。月季も捕まらないでね」

それだけ言ったあと、彼の背中を大きく押した。そのまま紫蘭は踵を返して、迫ってくる兵士たちの前に立つ。

　全員が全員、困り果てた顔をしていた。

　元々朱妃は、唐突に現れた第八花仙に便乗し、石蒜の次期国王としての立場を盤石なものにするつもりだった。この国の信仰で、八花仙は尊いものだったからこそ、誰もそれを無下にはできないから。

　紫蘭も祖母の話を聞いていただけの時はよくわかっていなかったが、今ならわかる。こんなでたらめな時代には、信仰という心の支えが必要なのだ。

　百花国の各地に存在している、有事の際には八花仙のいずれかが降臨してきて助力し、天に帰っていく逸話。それにすがりたい民の気持ちを、朱妃たちによって利用されるのは気分がよくない。

（……どうせ嘘をつくんだったら、私欲のためじゃなくって、誰かを守るためにつけばいいのに）

　夜明けが近い。真っ暗だった空も、西の方からだんだん白んできた。寒かった草原もわずかばかり大気がぬるくなり、もう震えることもない。

　紫蘭はすっと大きく息を吸って、吐いた。

「聞け！　此度の戦は天命にあらず！　第八花仙が紫蘭の名において、此度の戦此処に停戦を宣言する！」

大ぼらにも程がある。

だが。

空がだんだんと金色に染まりはじめた。

金色の空を背景に、紫蘭は兵士たちを睨みつけていた。真っ直ぐに伸びた背筋、手にはわずかに血の付いた矢尻。毛の着物を着て、大地に足を広げて立つ彼女を、とてもではないがただの小娘と一笑に付すことなど誰にもできなかった。

そもそも、たったひとりで王子を守って大勢の兵士を相手に大立ち回りをした娘を侮ることなど、誰にもできやしない。

百花国に住む人間ならば、誰もが子供の頃、寝かしつけられる時に、仙界から降臨してきた八花仙のおとぎ話を語り聞かされる。中でも勇ましく戦と狩りをする第八花仙の話は、兵士たちが子供だった頃、その心を揺さぶったはずだ。

「第八花仙様……」

誰かが言った。もう、誰もが必死で彼女を拝みはじめた。

「第八花仙様!」

「第八花仙様!」

「第八花仙様!」

誰もが叫び出し、精一杯の声を上げている。

それに一瞬紫蘭の肩がビクンッと跳ねたものの、彼女はわずかに笑みを浮かべた。

（……今は嘘でもいい。もう、こんなくだらない異民族狩りなんて、やめさせないと）


「なんなんだ、あの娘は……！　第八花仙を名乗る不届きな娘は、すぐに殺せ……！」

「……伯父上、おやめくださいませ」

そう言って朱将軍を止めたのは、天幕から出てきた石蒜だった。

物わかりのいい甥であり、他の王子たちを蹴落として、見事王位継承順位第一位となった王子である。

「石蒜！　貴様、いったいなにを言っているのかわかっているのか？　そもそも貴様の地位の安泰のためであろうよ、此度の戦は……」

「伯父上、本当にそう思っていらっしゃいますか？」

普段、母である朱妃にすら反抗を示すことのない石蒜が、珍しく反発する。それがますますもって面白くなかった。しかし。

日頃は柳のように静かに佇んでいる、都合のいい人形として育て上げたはずの石蒜が、今は凜とした眼差しで、天幕の外を見ている。

金色の空の下、ひとりの娘が叫んでいる。その叫びに感激のあまり涙を流す兵たち。

全てを知っている人間からしてみれば茶番にしか見えない光景ではあるが、それを石蒜はじっと見ていた。

「彼女が本当に第八花仙かどうかは、私にもわかりません。しかし、彼女の言葉は間違いなく兵士たちの心を変えました。今、彼らは疲弊しております。その疲弊した彼らに『この戦は天命でない』と言ったのです。彼らはおそらく『もう戦わなくてもい』と捉えたでしょう。それでもなお戦えと言ったらどうなると思われますか。彼らの窮状を無視して、そんなことを言ったら……彼らはもう二度と我々の言うことなど聞かなくなると思いますよ」

「あの娘は詐欺師だ！」

「やめましょう。彼女は本当に何者かわからないのです。それなのに、第八花仙の名のもとに戦をしている我々も同罪ですよ？」

第八花仙の権威を盾に行動する——それは扶朗も妃たちも同じだったが、扶朗の読みが正しかったのだ。

石蒜と伯父が対峙していると「貴様、いったい何者だ⁉」と見張りの兵が声を張り上げた。

よりによってこの場にふさわしくない、まだ幼いとさえ言える少年が、全身で息をしながら天幕の前に佇んでいたのだ。見張りの兵たちが取り押さえようとするのを手で制して、石蒜は少年を天幕に招き入れた。

「……月季」

「……兄上、お久しぶりです。ぜひともお話をしたく思い、ここまでやってまいりました……」

「この小僧は王子を騙る不届き者だ！　今すぐしょっぴ……」

朱将軍の言葉を、石蒜は遮った。

「彼は第八花仙の庇護を受けし王子です。ぜひ、ふたりで話をしたく思います」

途端に天幕に待機していた兵たちがざわめいた。当然ながら朱将軍は反対する。

「ならぬ！　石蒜！　貴様、わしが言っていることがまだわからないのか!?」

「伯父上、第八花仙様は、私の恩人なのですよ？　その彼女を捕らえよと言ったかと思ったら、今度は彼女の庇護下にある月季を捕らえるのですか？　あなたこそ支離滅裂ですよ？」

後宮内の事情を知らなかった人間も、現在天幕の外で叫ぶ少女の出現に目を奪われている。

第八花仙を都合のいい時だけ祀り上げ、都合が悪くなればすぐに捨てる。花仙信仰の強い百花国で、そんな都合のいい話が許される訳はなかった。

本来、将軍に逆らうようなおそろしい真似を、一兵士がしようとは思わないが、現在進行形で、第八花仙が宣言した。大義としては、十分だった。

「将軍、王太子たちの対面の間、失礼します」

兵士たちが彼を拘束する。それに朱将軍は声を荒らげる。

「石蒜、なにを言っているのか、貴様は本気でわかっているのか!?」

「……伯父上、私は王太子として百花国の本当の安寧を願っているだけですよ」

そう言い残して、石蒜は月季を伴って天幕の奥へと行ってしまった。

戦場とはいえ王族が使う天幕は、明らかに他の天幕よりも広くて調度品が多い。遠征用と言うよりも、遊楽に使うものと言ったほうがいいほど、戦の匂いを感じさせないような、ゆったりとした空気を醸し出していた。

「すごい騒ぎだね……あれが、第八花仙様の力か?」

石蒜の感嘆の声は、実の伯父に向けた冷ややかなものでも、紫蘭に向けた人形のように空っぽの声でもなかった。仲のいい肉親にのみ向ける、親しみを込めた血の通った声だった。

現状の百花国は、人形を王に仕立て上げ、妃とその親族により国が操られている。

時代が変わっても人形と人形遣いが替わるだけで、その関係は変わらない。それがこの国に連綿と連なる負の遺産であった。

人形遣いにとって都合のいい人形ではないとばれてしまったら簡単に挿げ替えられてしまう以上、王族は生きるためには従順な人形のふりをし続けなければいけなかった。自分はなにも考えていない。なにも感じていないと。

「花仙の力というよりも、紫蘭の力だと思いますよ」

月季は微笑んでそう伝えた。石蒜は目を瞬かせる。

「月季は、彼女のことを……」

「彼女が本当に第八花仙か、偽者なのかは、僕にはどっちでもいいんです。ただ、彼女は僕にいろんなことを教えてくれた、恩人ですから」

その言葉に、石蒜は目をパチクリさせる。

「……そんなどこの馬の骨ともわからない娘を、後宮に招いて、手元に置いていたのか？」

「傍に置くようにしたのは扶朗であり、僕も彼女もそれに従っただけです。でも、なにも問題ないでしょう？　むしろ、こうして僕を五体満足で兄上のもとまで送り届けてくれた。僕ひとりじゃ後ろ盾もない、逃げ場所もないと諦めきっていたのに、彼女は誰が敵で味方かわからない後宮の人間と平然と渡り合っています。だから僕は彼女が好きなんです」

月季はたおやかに笑った。彼の本心は側仕えの白陽や扶朗にすら口にしていない、石蒜が初めて聞くものであった。

王子は自分の言葉ひとつに、どれだけの生死が関わってくるのかを思い知っているため、覚悟を決めてからでなければ決して本音を口にはしない。だからこそ、月季も今は石蒜にしか本心を明かせないのであった。

「そうか、この話はこの場限りとしておく。八花仙の情も怒りもおそろしいものなのだから。……でもお前は、私にのろけ話を聞かせにきた訳ではないのだろう?」

「はい」

にこやかに笑っていた表情を引き締めて、月季は懐に入れていた地図を広げる。

地図には百花国と郁金香国と、その間を結ぶ街道をつくる予定の西域が仔細に描かれている。それを兄弟ふたりは額を突き合わせるように覗き込んだ。

「此度の戦の遠征費用だけならまだしも、西域にいる全ての異民族の駆逐に国庫を使うとまずいと思ったのです。ただでさえ、西域に住まう騎馬民族も遊牧民族も百花国の進撃に脅えて、郁金香国に避難しはじめています。今のところは、郁金香国も避難してきた異民族の受け入れを積極的に行っていますが……」

「これ自体が、罠だと?」

月季は大きく頷いた。

「郁金香国は百花国に不満を溜め込んでいる民を抱え込み、戦争を起こす大義を得やすくなっています。その上、過剰な戦争による国庫からの出費も続いており、既に国内からも不満が出はじめています。国内のことならば、力で押さえ込むことも可能でしょうが……国外のことはそうはいきません」

「つまりは」

石蒜は尋ねる。月季の目には英知が宿っていた。

月季は控えめな王子であった。

王の気まぐれにより生を受け、母は既に亡く、宦官たち以外からは目もかけられることなく放置されていた。王の覚えがあるのかどうかもわからない立場で、成人までは過ごすことが許される後宮で、ただひとり本だけを友としてきた王子。

だが、後宮に突然現れた第八花仙により、力と美しい佇まいを与えられ、彼女に読み書きを教えることで自信を深めた彼の才は、徐々に開花の兆しを見せていた。

月季は迷いのない眼差しで口を開く。

「即座に此度の戦を取り止め、国庫と兵士の回復に努めるべきです。これ以上の戦は、国庫と兵力だけでなく、民の心も削ります。これ以上の異民族狩りは、郁金香国から、いつ宣戦布告を受けてもおかしくはありません。今、郁金香国に戦争を仕掛けられれば……百花国には勝つ見込みはありません」

石蒜は押し黙る。

王族や将軍の声よりも、第八花仙の声に従った兵士たち。もうこの場において誰の声が一番届くかは、石蒜にもよくわかっていた。

押し黙る石蒜に、月季は「兄上」となおも訴える。

「既に夜明けになっております。浮花族への進軍を止めるなら、今しかないんです」

「……月季。私はお前が羨ましい」

そうぽろりと石蒜が言葉を漏らした。

「お前には父の寵愛もなく、母も既にいないが……それでもお前は自分の力で勝ち得た信頼がある。私が持っているものは、全て母上や伯父上から与えられたもので、私自身の力で得たものはなにひとつない。お前はただ、お前だっただけで第八花仙様に選ばれたのだろう?」

朱妃と彼女の一族の人形としてしか価値を見出されなかった石蒜からしてみれば、今の月季の存在は眩し過ぎた。儚い少年だった彼に、これだけの英知の輝きを与えたのは、第八花仙紫蘭であることも十分理解していた。

彼女が本物か偽者かは、この際どちらでもかまわない。

だが、どちらに天が味方しているかはよくわかる。

第八花仙に選ばれたのは石蒜ではない。月季なのだ。

石蒜は立ち上がると、天幕に手をかけて月季を振り返った。

「……私が自分の意志で行う、最初で最後の仕事をしてくるよ」

「……兄上」

「母上も伯父上も強力だし、なによりも、後宮は魔に支配されている……お前の住む棟以外はな。他の妃たちにも決して気を許すな……私のように、人形になりたくなければ」

石蒜が天幕の出入り口を捲り上げる。

紫蘭の宣言により、兵士が涙を流しているのが見えた。

夜明けを告げる金色の空の下、彼女の髪がなびいていた。彼女が着ているのは、お茶会の時に見た正装とは程遠い、くたびれるほどに着こんだ毛織物の着物に簡素な履き物。しかし彼女のまとう凛とした雰囲気に、誰もが目を背けることができなかった。

今、この場に彼女がいなかったら、声を上げることはできなかった。

「……第八花仙様の命《めい》、引き受けました」

石蒜の言葉に、兵士たちは一斉に振り返る。

この場にいる、誰もかれもが既にくたびれてしまっていた。

――やっと戦が終わる。やっと家に帰れる。

安堵で一瞬肩を下げたあと、一斉に皆は歓声を上げた。

戦を取り止めるという宣言と同時に歓声を上げるほど、彼らは疲れ果てていたのだ。

石蒜は続ける。

「この戦は、第八花仙様の名誉を守るためのものでした。第八花仙様に仇なす朽葉族を殲滅するためのもの。その第八花仙様が天命にない戦をやめろとおっしゃっているのだから、やめるのが道理ではないですか？」

人形として生を受け、人形として生涯を終えるのだろうと思っていた石蒜が、初めて自分の手で戦争を止め、民に歓声を上げられた。石蒜は初めて自分の体に温かい血が通っているのを感じた。

「……第八花仙様の命、引き受けました」

突然に天幕の入り口が開いたと思ったら、石蒜が姿を現し自ら停戦を宣言したことに、紫蘭は目を見開いた。

月季の説得が功を成したんだろうか。朱妃の息子である石蒜が、単純に第八花仙の命だからという理由で、浮花族狩りを取り止めるとは思えなかった。

ただ紫蘭は彼の表情を見て、「あれ」と気付く。

お茶会でしゃべった時、彼は言動こそ月季に近かったものの、明らかに自分の言葉で語ってはいなかった。しかし、今の彼の話しぶりは妙に晴れやかだったのだ。

(月季と話をしてて、なにかあったのかな……)

これで彼がまともな王になってくれたら。そう一瞬思ったものの、すぐに頭をかすめたのは、彼女が夢で見た石蒜が王になったあとの世界。

浮花族が名前も、草原での暮らしも、遊牧民としての誇りも、なにもかもを蹂躙された世界を生きろと言われても、そんなのはごめんだ。自分たちの故郷は草原だ。薄汚れた天幕と畑に閉じ込められるのは、お断りだった。

兵士たちが撤退準備に散らばっていくのを尻目に、ようやく紫蘭は石蒜のもとへと辿り着いた。彼は穏やかに微笑んだ。

「お茶会ではお世話になりました、第八花仙様」

「……私、お茶会でも言ったと思うけれど。天命はまだ、定まってはいないと」

「此度の出兵は大変申し訳ないと思っております」

紫蘭は彼をじっと見た。

彼女が後宮で王の寵愛を争う妃であったら、石蒜の端正な顔にときめきを覚えていたのだろうが、残念ながら紫蘭は妃ではない。

紫蘭は手にしていた矢尻を、石蒜の首元に突きつける。彼は逃げることもなければ、動じることもなかった。

「……王太子の座を、返還して」

「それは天命ですか？　それとも、あなたが月季を王に推しているからですか？」

石蒜の静かな問いに、紫蘭は考える。

後宮に来てから、とことん慣れないことばかりしている。浮花族での生活では、読み書きはあまり重要ではなかったし、狩りや織物の腕を上げたほうがよっぽど喜ばれた。だが。もう紫蘭は骨身に染みている。

自分の知っている歴史を守るためには、今までの自分ではどうしようもないということを。考えるのをやめた時点で、行動するのを諦めた時点で、歴史の流れに押し流されてしまうということを。

蝶の羽ばたきひとつをただの羽ばたきと侮って見逃すことなんて、もうできそうもなかった。

紫蘭は息を吸って、吐いた。

「天命はまだ定まっていない。でも、私が王にしたいのは月季だから。あなたではない」

「ならば、あなたは私をどうして助けたんですか？　私が毒を盛られて死ねば、それで月季が王位に就く可能性は上がったはずです」

それは何度も何度も紫蘭が悩んだことそのものである。

最初に石蒜を助けたのは偶然だったが、月季を王にするために、石蒜の命を狙う機会はいくらでもあった。紫蘭は少しだけ唇を噛んでから、答えた。

「……あなたを殺したくなかったから。あなたを殺したい人も、人形にしたい人もたくさんいるみたいだけれど……月季を王位に就けたいからって、私がその人たちと同じことをする道理はあるの？　それじゃあ、今までの妃たちとなにがどう違うの？」

本当ならば、石蒜を殺すのが一番早いし、確実に月季の王位継承権の順位が繰り上がる。が、その行為は、紫蘭がお茶会で出会った妃たちとなにがどう違うのかがわからなかった。なによりも、そんな手段で月季を王に据えたとして、紫蘭の知っている賢王月季になるとは思えなかった。

（あの腹に一物ある妃たちとおんなじことをして、本当に清廉潔白な賢王月季になるか、わからないじゃない……月季の性根を濁らせるようなことは、絶対にしたくない）

石蒜を王太子の座から降ろしたい。でも、月季が自分の知っている歴史から外れるような真似もできない。それが紫蘭をさんざん悩ませていたことだった。

しばらく石蒜は紫蘭を見ていたが、やがてくすりと笑った。

「月季は恵まれていますね」

「……ええ？」

意味がわからず紫蘭が聞き返すと、石蒜は笑みを深めた。その儚い笑みは、初めて対面した頃の月季を思い出させせた。

「月季はたしかに後ろ盾はいません。母も既に亡く、父の覚えもなく、宦官たちに匿われてなかったら、いつ後宮で命を落としてもおかしくはない状態でした。ですけど、彼らの信頼を勝ち得て、第八花仙様を降臨させた……そして此度の異民族狩りを収めたのですから。私よりも彼のほうが、たしかに王に向いているでしょうね。私は王太子としての立場以外、愛されていませんでしたから」

今にも風に飛ばされて聞こえなくなりそうなほどに儚い言葉を紡ぐ石蒜に、紫蘭は戸惑った。

王太子に選ばれた石蒜は、一見後ろ盾にも家族にも恵まれ、誰からも愛されているようにも思える。でも彼の周りにいるのは、彼が王太子だから利用しようとする者たちばかりで、彼個人のことを憂いていたのは、月季だけだった。

人形にだって心があるのに。

「石蒜。月季はあなたのことを嫌ってなんていない」

思わず紫蘭がそう言うと、一瞬石蒜は目を丸くしてから、やがて破顔した。

「第八花仙様、後宮は魔物の巣窟ですが……どうぞ弟をよろしくお願いします」

そう言って会釈する石蒜に、返答に困った紫蘭は、小さく頷いた。

「私の力が必要ならば」

花仙と王子の閑話

石蒜による浮花族狩りを阻止してから、数日経った。

そのたった数日で後宮内の権力勢力図が大きく書き替わってしまい、その余波で後宮が騒然としている様子が情報から縁遠い花蕾棟にすら届くようになっていた。

紫蘭の食事の世話をしながら、桂花は鼻息も荒く言う。

「もうびっくりですよ！　いきなり第八花仙様が月季様と一緒にいなくなったと思ったら、あの石蒜様がいきなり出家して修行のために廟に籠もる籠もらないで……！　毒殺未遂事件がよっぽど尾を引いたんですかねえ……それか朱妃様や実家の将軍家からの圧力で相当参ったのか……」

浮花族狩りの中止を宣言してまもなく、石蒜が出家し、王太子の座を返上してしまったことが、後宮内の勢力図が変わった要因のひとつである。

恥をかかされたということで朱妃やそれに連なる宮女たちは荒れているし、他の妃たちも王太后の座が白紙に戻ったことで、新たに権力を得るべく暗躍しているとかしていないとかで、後宮内の人事異動が繰り返されているようだった。

あまりに突然後宮内の勢力図が様変わりした影響で、本来なら月季と紫蘭の世話役である白陽すら花蕾棟に来ることすらままならず、宦官詰所に拘束状態であった。

本来、王位継承順位を決める条件はふたつ。妃が後宮に入った順番、さらに後ろ盾による推挙。しかし月季には後ろ盾がいないため、どうあがいても王太子になることはないだろうと誰もが思っていたのだ。

しかし第八花仙の降臨により急に王位継承の可能性が出てきたが。とはいえ他にも王子がいる限りその順位が急にあがることはない。

そのため、今も月季の王位継承順位は一番低く、相変わらず後宮内の勢力争いからは無縁だ。そのせいで大規模な人事異動に巻き込まれることはなかったが、代わりに扶朗の指示で護衛が、前よりも多めに派遣されるようになった。

今も紫蘭が桂花と波斯に給仕をされながら食事をしていても、窓の外には警備を続けている兵たちの姿が見える。王位継承権からは遠いとはいえ、ここも王子を抱えているのだ。長い間放置されていた頃とは大違いだ。

「ここの棟、今まで放ったらかしだったのに、いきなり変わったね。少し前まで本当に人がいなかったのに、気付いたらこんなに増えて」

紫蘭がとうもろこしをこねて作った生地に肉味噌と白髪ねぎを一緒に包んで食べながら言うと、桂花が「決まってるじゃないですかあ」と答える。

「石蒜様が王太子の座を降りられるなんて誰も想像していなかったんです。まさか出家みたいな大番狂わせが起こるなんて。現在後宮にいる王子は月季様だけですから、警戒しますよぉ。まあ、後宮外には既に成人していらっしゃる王子方もおられますから、どう転ぶのかはわかりませんけどね」

そういえば、成人したら後宮を出なければいけないからここにいないだけで、月季以外にも王子はいるのだと、今更ながら紫蘭は思い出した。朱妃が怒り心頭だということは、他の妃たちの産んだ王子がいるのだろう。

対処しなければいけないのは妃たちだけでなく、その王子たちもなのかと思うと、紫蘭の頭は痛かった。

今回はたまたま浮花族狩りの情報を事前に入手できた上、そもそも月季と石蒜の仲が良好だったから説得が通じたのだ。次はどうなるか全くわからない。

月季が王になれば、紫蘭の知っている正しい歴史に繋がるはずだが、まだ彼女の知っている歴史とは程遠い。他の王子からも、王位継承権を奪わない限り、月季に玉座は回ってこないのだから。

「第八花仙様」

ふいに呼ばれて視線を下げると、波斯がにこりと笑っていた。

「……ありがとう、石蒜を追い出してくれて」

その言葉に、紫蘭は複雑な気分になった。波斯からしてみれば、朱妃も石蒜も敵だし、実際に石蒜は浮花族狩りの指揮官を務めていた。彼女からしてみれば憎い敵だが、紫蘭は本当にそうなのだろうかと思う。

いないものとして扱われていた月季と同じく、石蒜もまたこの国の犠牲者に思えたからだ。替えの利く人形のような扱いをされ続けるというのは、いないものとして扱われ続けることと同じくらい苦しいことだろうに。

食事を終えたあと、紫蘭は護衛に声をかけた。

「宦官詰所に行って、扶朗に会いたいんだけれど、大丈夫かな？」

「扶朗様にですか？　お待ちいただくかと思いますが」

「私が待つのは平気。向こうが忙しいんだったら、遠慮するけど」

「第八花仙様の面会でしたら、扶朗様も断らないかと思いますよ」

そう言われ、護衛と共に宦官詰所へと向かう。

後宮内の勢力図が大きく書き替えられたことで、後宮を管理している宦官たちにも負担がかかっているはずだ。心苦しくは思ったものの、石蒜が出家するに至った経緯は扶朗の耳にも入れておいたほうがいいと思ったのだ。この数日、様子を見ていたのだが、あまりにも宦官詰所が忙しそうで、直接会いには行けなかった。

宦官詰所に向かうと、案の定バタバタと、宦官たちが書物やら巻物やら竹簡やらを抱えて廊下を走り回っているのが見受けられる。それでも皆、紫蘭を見るたびに立ち止まって深々と頭を下げるので、紫蘭は慌てて「お疲れ様！　私のことはいいから！」と言って仕事へと戻ってもらっていた。

やがて、宦官長の執務室の前で護衛は足を止める。

「扶朗様！　第八花仙様をお連れしました！」

返事はすぐに届いた。

「ああ、ご苦労様。第八花仙様と話があるから、君は部屋の外で待機しておいて欲しい」

「はっ。承知しました」

紫蘭は入室を許可され、護衛にお礼を言ってから部屋に入った。

扶朗の机は前に見た時以上に書物や巻物、竹簡が積まれ、わずかに空いた場所に巻物を広げて、各方面に指示を出す手紙や報告書を書いているようだった。

「私、突然来たけど大丈夫だった？　扶朗、かなり忙しそうだけど……」

「いや？　今のほうが好都合ですね。こうも後宮内がバタバタしていたら、皆、間者を送り込む余裕すらないでしょうし」

そう言い置いてから、ちらりと紫蘭を見た。忙しくはしていても、どこかの妃の息のかかった人間に対する警戒を怠らないのは、相変わらずらしい。

「あなたとお話しできる貴重な機会になりますから、願ったり叶ったりかと……しかし、よくもまあやってくれましたね？」

　そう言って肩を竦めた。紫蘭は思わず半眼になる。

「なに言ってるの。あなたでしょう？　浮花族狩りを止めたかったのは。あんなに簡単に後宮を出られたのもあなたが根回ししたからでしょ？　私たちだけの独断専行だって言われても困るから」

「ははは……まあ、私も浮花族狩りだけはなんとしても止めたかったんですがね。あんなことは、我が国を弱らせるだけ弱らせ、他国に戦の大義を与えるだけですからね。まさか……石蒜様がこうも簡単に王太子の座を降りるとは、こちらも想定外でしたが。なにやら彼に入れ知恵でも？」

　そう言ってにこやかに笑いつつも、じっと紫蘭を見た。

　その言葉に紫蘭は「ふんっ」と鼻を鳴らした。

「そんなことはしていないと思う。石蒜と話をしたけど……あの人、朱妃の近くにいる時は、自分の言葉で話すことができなかった。でも、こちらが思っているよりも人形になんてなってない。王太子を降りたのも彼自身が自分で決めたこと」

「てっきり私は、紫蘭が王太子殿下を手にかけるかと思っておりましたが」

「そんなこと……」

　しないと完全に言い切ることができなかった。

それが一番手っ取り早いと、紫蘭自身も考えていたからだ。

(あの人を王太子の座に据えたままにしておくことはできなかったけれど……私はあの人を殺した事実を背負う自信がなかった。それに……)

紫蘭は思ったことを口にしてみた。

「私、もし月季が百花国の王になるんだったら、この国の悪い部分を月季に一切背負わせたくない。後宮にいる妃たちやその親族が、王も王子も人形扱いして、用がなくなったり使い物にならなくなったりしたら、新しい人形に取り替えるって……そんなの絶対におかしいじゃない。この国には今だって王がいるはずなのに、その人は完全に人形扱いだし、石蒜だって王になる前から完全にそうだった。こういうの、絶対に終わらせたほうがいい」

政治のことはさっぱりわからない紫蘭だが、桂花が怖がっていたことも、波斯が泣いていたこともちゃんと見ていた。そして、月季が自主的に浮花族狩りを止めにいこうとしていたことも。

国の現状をおかしいと思っている人がいることを、政治から隔離されている花蕾棟に住む紫蘭すら知っているのが、そもそも問題なのだ。

「この国……後宮の中しか知らない私すらおかしいって思っている時点で、十分問題があるんじゃないの?」

紫蘭の訴えに、扶朗は人を食ったような笑みを浮かべる。

「政治のことが全くわからないあなたにも、それが伝わってなによりです」

「……私をこんなとこに置いておいて、あなたはどうしたいの？」

それは前々から聞きたかったことだ。

彼女を第八花仙と呼んでそのまま泳がせていたのは、紫蘭の正体がよくわからないからだということは前にも聞いたが、わざわざ彼が手塩にかけて育てている月季と引き合わせた理由までは、彼女も聞いてはいなかった。

「ええ、どうぞ殿下をよろしくお願いします」

扶朗はにこやかな表情のまま、そう言う。紫蘭の質問には一切答えていない。その事実に、思わず紫蘭は唇をひん曲げた。

「……それ、どういう意味？」

「言葉通りの意味です。妃様方じゃありませんし、裏なんてありませんよ。今まで、月季殿下にはあまりにも味方がおりませんでした。今回の件でさらに妃様たち全員を敵に回しましたが、あなたがいる内は、表立って月季殿下を姦計に陥れることはできないでしょう」

扶朗は極上の笑みを浮かべた。彼の人となりさえ知らなければ見惚れてしまうような美丈夫の笑みだったが、紫蘭の趣味とは程遠かった。

「なんといっても、彼女たちは第八花仙の存在を認め、降臨した事実を触れ回ってしまった訳ですから。そして先日出兵した者たちにも、あなたの存在は認知されました。もうこのことは変えようがありません」

嘘もつき続ければ真となる。

やはり紫蘭が想像した通りだった。

つまりは、扶朗は紫蘭を第八花仙だと百花国に認めさせた訳である。たとえ妃たちが疑っていても、信仰しているものを覆すことは難しく、疑うことに罪悪感を抱く。さらに、それを利用してその第八花仙のご加護を受けている王子月季という構図を作り出し、後ろ盾のなかった月季に誰よりも強力な後ろ盾を見事に獲得させてしまったのである。

紫蘭は扶朗に「本当にお腹ん中真っ黒」と言ったら、彼はそれを笑みだけで流した。月季が以前「扶朗は本気でこの国を憂いている方です」と言っていたことを、紫蘭は思い出した。

(胡散臭い言動ばっかりだし、腹の中を探らせないし……でも。彼だけは絶対に月季の味方か……まあ、私ひとりじゃ妃全員を敵に回して、上手く立ち回れるかわからない。どうしても扶朗の手助けが必要か)

紫蘭はそう考えてから、口にする。

「あなたは、どうぞこれからも月季の味方でいて……私も、まさか妃全員を敵に回すなんて思っていなかったけど自分ができることはやっていく」

「そうですね。それに、朱妃様の権力が削れたことで、見えたこともございますから……お帰りの際は、十分お気を付けて」

扶朗の含みのある言葉に、紫蘭は少しだけ首を捻った。

思えば、妃たちの中に、朱妃の権力が削れたことで得をした人物がいるはずなのだ。

そもそも、波斯が紫蘭を襲撃したことが、浮花族狩りへと発展した。

一連の流れを頭で思い返したとき、ふと紫蘭は気付いた。

「……まさか」

扶朗は大きく頷いた。


紫蘭は護衛と共に花蕾棟に戻る中、ふくよかな薔薇の匂いが漂っていることに気付き、足を止めた。この匂いは、あの小島で行われたお茶会の時にもした。

薔薇茶。

「ご機嫌よう、第八花仙様。お散歩ですか？」

長い渡り廊下を優雅に歩いていたのは、梅妃であった。

相変わらず虫も殺さぬような儚い顔に、優雅な身のこなしをしている……それこそ彼女に取り込まれたら最後、彼女を崇拝した末に破滅するなんてこと、想像もできないような。

梅妃が連れているのは、宮女たちに使用人。最奥に護衛の女兵士。どの宮女も使用人もうっとりとした目で梅妃を見ているあたり、既に彼女に取り込まれてしまったのだろうと、紫蘭は最初に自分が押し潰してしまった宮女のことを思う。

彼女は兵士に連行された兵詰所で尋問を繰り返されても、きっと無念だと感じることすらできなくなってしまったのだろう。彼女はとうとう最後まで王太子暗殺計画の黒幕について吐くことはなかったと、扶朗から聞いた。

紫蘭は軽く会釈をしつつ、梅妃を見る。こちらが探るような目をしても、梅妃は悠然とした態度を崩すことはなかった。

「私になにか用？　というより、最近ここも慌ただしいのに、妃がこんなところを大行列で歩き回っていて大丈夫なの？」

「ご心配には及びません。私はまだ子を成していないですから、後宮内の派閥争いに加わることはありませんし……もっとも、既に王子のいらっしゃる方々は、今が一番大変な時のようですが」

そう言って梅妃はころころと笑った。

梅妃の背景については、つい先程扶朗から聞いたばかりだ。

紫蘭はちらりと連れの顔をそれぞれ見ると、自分の護衛に向かって言う。

「梅妃とお話ししたいので、少し下がってくれる？」

「なりません。現在の後宮内は危険ですから」

護衛は顔をしかめたが、梅妃も自身の護衛や宮女たちに告げる。

「中庭で少し、第八花仙様と一緒にお花を愛でたいと思います。そちらで私たちを見守ってくださる？」

彼女の護衛と宮女たちも当然ながら顔をしかめたが、最終的には渋々了承した。

ふたりで中庭に出て、それぞれの連れに声が聞こえない場所まで歩く。薔薇の匂いが強いと思ったら、小ぶりな薔薇が見頃であった。

「それで、私と逢引だなんて、第八花仙様も大胆なことをなさるのね」

ころころと笑う梅妃を、紫蘭は見る。

相変わらず彼女はたおやかな妃であり、薔薇を背景にしていると、彼女のほうが花仙ではないかと思わせた。しかし紫蘭は、既に彼女のそれが処世術であることを知っている。表立って敵対せず、場を操ることに長けていると。

紫蘭は苛立ってくる心を鎮め、口火を切った。

「……あなたが、全ての元凶でしょう？　私から天命を聞き出そうとし、朱妃を焚きつけて意味のない異民族狩りを行わせたり……結果的に石蒜が出家して、王太子の座を返上した。あなたの描いた絵そのものになっているんじゃない？」

梅妃の実家は、各地で手広く商売をしている豪商である。百花国だけにとどまらず、今や他国とも取引をしている。そして彼女の実家は軍にも武器を卸し他国にも……裏では西の大国、郁金香国にも、武器を売り渡している武器商人だということを、既に扶朗は摑んでいた。

つまりは百花国が無駄な異民族狩りをして疲弊しても、梅妃の実家は潤う一方……それどころか、郁金香国にまで武器を卸しているのだから、ふたつの大国が戦争をして、仮にどちらかの国が滅んだとしても、彼女の実家には利が出るという算段であった。

どう転んでも、梅妃と彼女の親族は困らないようにできていたのだ。

紫蘭の言葉に、梅妃は袖で口元を押さえてくすくすと笑う。まるで自分には罪などないというように。

「面白いことをおっしゃるのね、第八花仙様は。まるであなたは、私たち妃の誰が王太后になっても駄目だとおっしゃっているようですわ」

「……私、別にそんなことまで言ってない」

「ええ、お茶会の頃から、あなたはそうでしたもの……私の願いはささやかなものですわ。早く陛下が私にも子を宿してくれないかということ。その子が第八花仙様のご加護を賜れないかということ。それに……」

梅妃はにこにこと笑って、これ見よがしに腹を撫でている。その仕草は国母――百花国の建国神話に出てくる最初の妃を思わせる。

本当に、彼女の実家のことさえ知らなければ、廊下でこちらを見守っている宮女たちや護衛のように、彼女を信頼していただろう。

鈴を転がすような声、柔らかく美しい容姿、儚く守りたくなるような控えめな雰囲気……しかし彼女は決定的な言葉を口にしない。誰にどう切り取られても利用できない言葉しか話さないという聡明さを隠し持っている。

彼女はにこやかに言う。

「皆が、平和になればよろしいのに」

……本来ならば尊い願いを口にしたように聞こえるのに、紫蘭には醜悪さしか感じ取れなかった。

たしかに彼女にとっては、自分がこの場で一番偉くなれば、どう転んでも損をしないのだ。どの国が栄えようが、滅ぼうが、周りが焼け野原になり、雑草一本生えなくなろうが、彼女の周りだけは平和に溢れているのだから。

（この人は……敵だ）

紫蘭はそう痛感する。

薔薇の香りを撒き散らしながらも悪意の塊である梅妃はにこやかに会釈する。

「それでは第八花仙様、ご機嫌よう。またお茶会ができたらよろしいですわね」

その言葉に、紫蘭はなにも答えることができず、身震いした。どう考えても、そんなお茶会は前回以上の地獄に決まっている。

梅妃と連れが去っていくのを見送ったところで。

紫蘭の護衛が「第八花仙様！」と声を上げて、得物を振った。得物が叩き落としたのは矢。どう考えてもそれは、紫蘭を狙ったものであった。

紫蘭はそれを見て、握りこぶしを震わせた。

（扶朗、あんたの計略は成ったわ。どうも私、後宮中を敵に回したみたいよ）

邪魔なものは始末すればいい。そんな考えが透けて見えた気がして、それが余計に紫蘭を苛立たせた。

紫蘭の護衛は、紫蘭が震えているのを脅えていると判断したのか、心配そうに声をかけてきた。

「大丈夫ですか、第八花仙様」

「ええ……私は平気。月季は大丈夫かな？」

「そうですね。殿下の身に、なにもないとよろしいですが」

　ふたりで花蕾棟へと歩を進める。彼が無事であればいいと祈りながら。


　あれだけ剣呑とした紫蘭と梅妃の逢瀬はさておいて。

　長い廊下を渡り終えてやっと花蕾棟に辿り着いた時、紫蘭は思わず「はぁ～あ」と溜息をついてしまった。ここは扶朗が増やした護衛のおかげで安全だ。後宮一帯に漂っていたひりつく空気もここまでは流れてこない。

　ここで護衛にお礼を言って別れ、月季を捜しに向かう。

　紫蘭はいつも掃除をしてくれているすっかり顔なじみになった使用人に声をかける。

「お疲れ様。月季を知らない？」

「殿下ですか？　今日は裏庭に出ていらっしゃいますよ」

「ありがとう」

　紫蘭は棟を出て裏庭へと向かう。

　裏庭には紫蘭が設置した的があり、その的の前では、月季がすっかり日課となった弓矢の鍛錬を行っていた。久しぶりに白陽が護衛たちと並んで、月季の稽古を見守っている。やっと宦官詰所の仕事が一段落したらしい。

最初は弓を引くだけでも一苦労でへっぴり腰だったというのに。今や月季の弓を引く姿は目を見張るものがあり、誰もがその成果に感嘆していた。

パシン、と気持ちのいい音が響き、月季の引いた弓矢が的の中央を射貫く。白陽が「お見事です」と声を上げる。

紫蘭もまた、パチパチと拍手したら、ようやく月季は紫蘭のほうを振り返った。

「お帰りなさい。いきなり出かけたと聞いたので心配していましたが……なにもありませんでしたか?」

「私のほうはちっとも。後宮内は相変わらず、どこもかしこもバタバタしているみたいだけれど。白陽も久しぶりね、お仕事は平気?」

白陽に声をかけると、相変わらずの人のいい顔で笑う。手入れできなかったせいだろうか、少しばかり髪がペタンとへたってしまっているのは、溜まり過ぎた仕事をどうにか片付けていた証拠だろう。

「はい……私の場合は元々月季様のお世話が第一の仕事ですから。人事異動の余波で管轄外の仕事が回ってきただけですよ。やっと解放されましたので、しばらくは平和だと思います」

「そう……」

紫蘭は月季を見る。

最初と比べれば見違えるほど成長したとは思うが、まだ華奢で頼りなく、彼の才を表立って宣言するには早い。

後宮に降りてきたばかりの紫蘭は、自分の知っている歴史に繋げるために月季を利用することしか考えていなかったが、今は違う。

この賢く優しい少年に、ひとりでも多くの味方をつくりたいし、魔の巣窟と化している後宮でできる限り守りたい。

彼を守るには、彼を後宮の主……王にするしかない。

「ねえ、月季。私思うんだ」

「なにをですか？」

月季はきょとんとした顔をして、小首を傾げた。まだまだ頼りなく細い体軀である。

この少年が紫蘭の知っている賢王月季になるのかどうかは、まだ彼女にもわからないが。

紫蘭は自身の手をパシンと合わせて言った。

「あなたは、王になるべきだわ……ううん。私があなたを王にする」

それを聞いて月季は目を丸くした。その表情に、紫蘭は微笑んだ。

(未来のことを知っているのは、自分ひとりで十分だ)

振り返っても、紫蘭は不条理極まりない状況に立ったままである。

彼女は平凡な遊牧民の娘であり、後宮どころか王都とも縁遠い存在だったが、それが今やどうか。

何故か百年前の百花国の後宮に落ちたと思ったら、第八花仙として祀り上げられてしまった。

転がった毛糸玉を追いかけるという蝶の羽ばたきが、いつのまにか石蒜の命を助けてしまい紫蘭の知っている歴史を脅かすという大きな波を起こしてしまったけれど、今は少しだけ波は小さくなったのではないか。

それでも、月季が王になる道を得なかったら、まだ蝶の羽ばたきの脅威は立ち去らない。

少女が後宮を舞台に、偽花仙になってはじまった物語も、まだまだ幕引きは遠そうだ。

参考文献

『捜神記』干宝（著）竹田晃（訳）／平凡社
『中華料理の文化史』張競（著）／筑摩書房

本書は書き下ろしです。

紫《し》蘭《らん》後《こう》宮《きゅう》仙《せん》女《にょ》伝《でん》
時《とき》を駆《か》ける偽仙女《にせせんにょ》、孤独《こどく》な王子《おうじ》に出会《であ》う

石田空《いしだそら》

2022年8月5日初版発行

発行者……………千葉 均
発行所……………株式会社ポプラ社
〒102-8519 東京都千代田区麹町4-2-6
フォーマットデザイン 荻窪裕司(design clopper)
組版・校閲 株式会社鷗来堂
印刷・製本 中央精版印刷株式会社

ポプラ文庫ピュアフル

ホームページ www.poplar.co.jp

N.D.C.913/268p/15cm
ISBN978-4-591-17462-3
P8111337

イケメン毒舌陰陽師とキツネ耳中学生のへっぽこほのぼのミステリ!!

天野頌子『よろず占い処 陰陽屋へようこそ』

装画：toi8

母親にひっぱられて、中学生の沢崎瞬太が訪れたのは、王子稲荷ふもとの商店街に開店したあやしい占いの店「陰陽屋」。店主はホストあがりのイケメンにせ陰陽師。アルバイトでやとわれた瞬太は、実はキツネの耳と尻尾を持つ拾われ妖狐。妙なとりあわせのへっぽこコンビがお客さまのお悩み解決に東奔西走。店をとりまく人情に癒される、ほのぼのミステリ。単行本未収録の番外編「大きな桜の木の下で」を収録。

〈解説・大矢博子〉

ポプラ文庫ピュアフルの好評既刊

鬼霊を視る才を持つ甜花は、図書宮の書仕を目指し、後宮に下働きとして潜入し…？

霜月りつ

『百華後宮鬼譚 目立たず騒がず愛されず、下働きの娘は後宮の図書宮を目指す』

装画：しのとうこ

生まれつき鬼霊を視る才を持つ本好きな甜花は、元博物官でたくさんの蔵書を持つ祖父の死を看取った際、この書物を後宮の図書宮に入れたいと熱望する。そして自分はそこで働く書仕になりたい、と。そのため後宮に下働きとして潜り込むが、なぜか陽湖妃の付き人に任命され、トラブルに巻き込まれ――。やがて皇帝もまた鬼霊を視ていると気づいた矢先、後宮を巻き込む大事件が！　謎解き×あやかし、大人気の中華風後宮ファンタジー！